木部克彦

夢に住む人

認知症夫婦のふたりごと

言視舎

はじめに

木部《きべ》健《たけし》がアルツハイマー型認知症と診断されたのは、２０１６年冬のことでした。83歳でした。その直後の２０１７年初めには、82歳の年子《としこ》にも同じ診断が。

それから3年余り。認知症の夫婦は、今も群馬県藤岡市の農村にある自宅で暮らしています。途中、年子のケガによる入院などもありましたが、夫婦は自分の家で「ふたりごと」を繰り返しながら日常を送っています。ただ、物事の認知力や判断力といったものは、ほとんど「小学生レベル」なんですがね。

車で30分ほどの高崎市に住む息子の僕が、朝と晩に通い食事の支度や洗濯、掃除などを。すぐ近くに住む年子の妹さんが朝晩顔を出して話し相手になってくれています。

担当医師からは「ともに認知症の老齢夫婦が自宅で暮らすのは無理でしょう」と言われていますが、病院スタッフ、訪問看護師や訪問ヘルパー、通っているデイサービス施設の皆さん、そして地域の方々のお力添えを得て、ギリギリのバランスの中で「ふたり暮らし」の環境が保たれています。ふたりの強い希望がなんとかかなっているのです。

「ふたりで畑を」いつまでも

「認知症になったから、もうこの先は楽しいことはなんにもない」

認知症という病名が一般的になった今の日本で、そんなことでは困ります。なにか生きがいを持って暮らしていける。そういう環境でなければ、誰にとっても悲しいじゃありませんか。

そこでね。自分たちの希望通りの自宅暮らしを続ける健と年子の日常を、彼と彼女の本音やつぶやきを全面的に出しながら世に訴えてみることにした訳です。家族の視点による「介護日記」ではなく、ふたり自身による「暮らしの記録」の形でね。

家族の、地域の、医療・福祉の、社会のちょっとした支えがあれば、認知症になっても楽しく生きられる。その一例を知ってほしくて。

今回の文章も、前作『群馬弁で介護日記　認知症、今日も元気だい』（2018年・言視舎）同様、群馬弁が中心です。ふたりが、そしてふたりを前にした時の僕が日常使っているのが、ベタな群馬弁だからです。そんなお国言葉でつづることで、彼らの「ふたりごと」が、きめ細かく伝わると思ったからです。むろん、僕自身の「ふるさと群馬への愛着」からのことでもあります。

方言学で言えば、上州弁は江戸弁とともに「西関東言葉」です。だから、時

おらあ、いつまでも畑に出るんさ

代劇や古典落語に出てくる「町人言葉」「職人言葉」あるいは「地方出身の奉公人言葉（飯炊き権助が代表格ですかね）」とでも言いましょうか、そんなつもりで読んでいただければ、厄介ではなかろうかと思います（そう思っているのは、僕だけかな）。

なにより「たけっしゃん（健）」と「年子」から息子が引き出した「本音」を多くの人に伝えるために。

2020年4月

木部克彦

みんなに世話になってるんだけどね

目次

夢に住む人　認知症夫婦のふたりごと

1 「にんちなんとか」

◉夫婦そろって

もう3年も前になるかなあ。おらあ、しょっちゅう車をこすったり、溝にタイヤを落としたり。20年も前に死んだお袋が奥の間にいるのが見えることもあったんさ。物忘れもひどくなったんだ。だって、もう83歳だったもんなあ。そしたら息子が医者に連れてってくれたんだい。

なんとかいう診断が出たんだそうだ。聞いたことがなかったけど、たしか「アルコールなんとか」「ハンマーなんとか」「にんちなんとか」とかいった言葉が聞こえたよ。病気らしいんだけど、お医者さんも息子もあんまりよく説明してくれねえし、なんだか分かんなかったい。お医者さんは息子にまじめな顔してなんか言ってたけど、俺にはニコニコするだけさあ。

野菜づくりが命

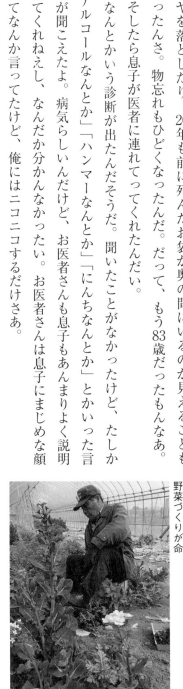

「木部健さんですね。毎日畑に出てるんですか。お元気ですね。この調子で、楽しくすごしましょうね」

そりゃあ、当たり前だいねえ。でも、その割には薬をいっぺえ渡されてさ。朝昼晩、毎日飲めって。

それだけさあ。

ところがよお、それっから毎日、朝に晩に隣町に住む息子がくるんだい。それまで何十年も、ふた月に1回ぐれえしか顔を出さなかったのによお。飯の支度にくるんだい。飯なんか、かみさんの年子がつくってくれるんだから、きなくたっていいのによお。

それからふた月もたったかなあ。息子がね、今度は年子を医者に連れてったんだい。

年子はおれよりひとつ下だい。診てもらったら、おれと同じことを言われたんだと。

でもなあ。それからも、おれたち夫婦の暮らしは、前と変わりゃあしねえんさ。

朝起きて、飯食って、畑に行ってなあ。暗くなりゃあ野良から帰ってきて晩飯食べて寝るんさ。そんな暮らしが60年をこえたんだい。

やってることは同じだい。だっておらあ4つの時に父親が病気で死んでなあ。

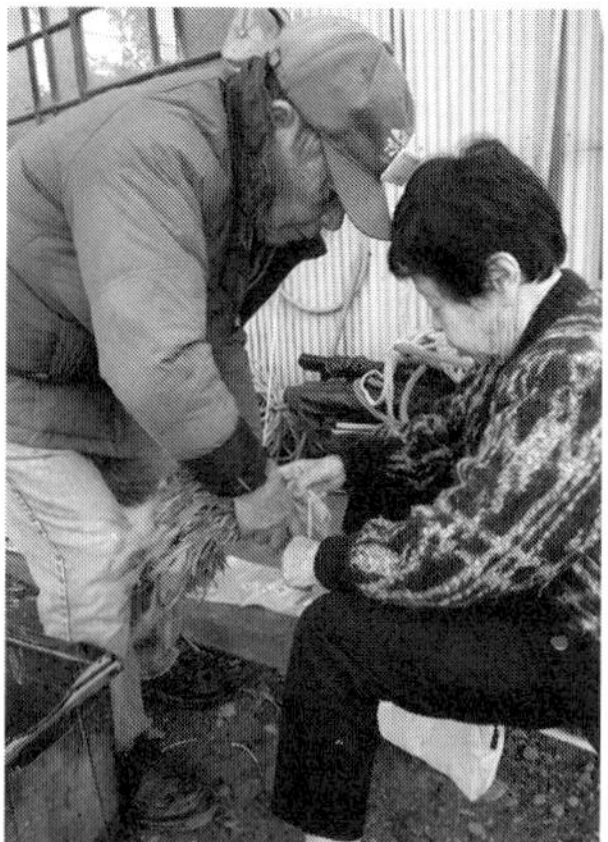
夫婦で60年以上畑に

それからずっとこの群馬の藤岡っつうところで畑仕事してるんだからよお。

変わったことっつえば、親切な女の子が朝になると車でむけえにきて、寄合所みてえな所に連れてってくれてなあ。そこで湯に入ったり、昼飯食ったり体操したりして、夕方送ってきてもらうんさあ。

年子は月曜から金曜まで毎日行ぐし、おれも、そうさなあ、最近は週に2日ぐれえは行ぐかなあ。

◉記憶

あたしは、いったいどうしたっていうんだろうね。

家にいても、なんだかよく分かんねえんさ。なんでもかんでも、すぐ忘れるし。さっき食べたはずの朝ごはんだって、なにを食べたか覚えてねんだもの。目の前の人が言ってることも、意味が分かんねえ時があるんさ。

「たけっしゃんさあ。あたしは腰が痛くってなんにもできねえよ。ごはんの支度も、掃除もさあ。もちろん、畑仕事も無理だいねえ」

「年子よお。そんなに腰がいてえんきゃあ。よく医者に行ってるんになあ」

「頭ん中も、よく分かんねえんだよ」

医者に行ぐのもふたり一緒だい

「おれだって、近所の人が言ってることがよく分かんねえことがあらあ」

「あたしは、もう人間じゃあないねえ。どうして、こんな体になったんかねえ。早く死にてえ。近くに田んぼに水を引く池があらあね。そこに飛び込んで死んじまったほうがいいやねえ」

「おめえなあ。あすこまで歩いて行ぐんがおおごとだい」

「あたしは泣いても泣ききれねえよ。まいんち寝床で泣いてたって、どうしようもねんだけどさ」

「ほれ、外で車の音がすらあ。克彦がきたんだんべ。息子がきてくれたんだから、変な顔してんじゃねえよ」


入ってきた息子のやつ、上着の襟にピカピカ光る物をつけてるじゃねえかい。なんだんべね、あれは。

「たけっしゃんと年子さんなあ。おれの上着の襟についてるやつ、覚えてるっきゃあ？」

「なんだい、そりゃあ？　ばかにきれいじゃねえきゃあ」

「そうだいねえ。銀色の中に真っ赤な物があるけど、なんだい、そのバッジみてえなんは？」

「こらあ、襟にさす飾りもんだい。『ラペルピン』とか『ピンバッジ』とかい

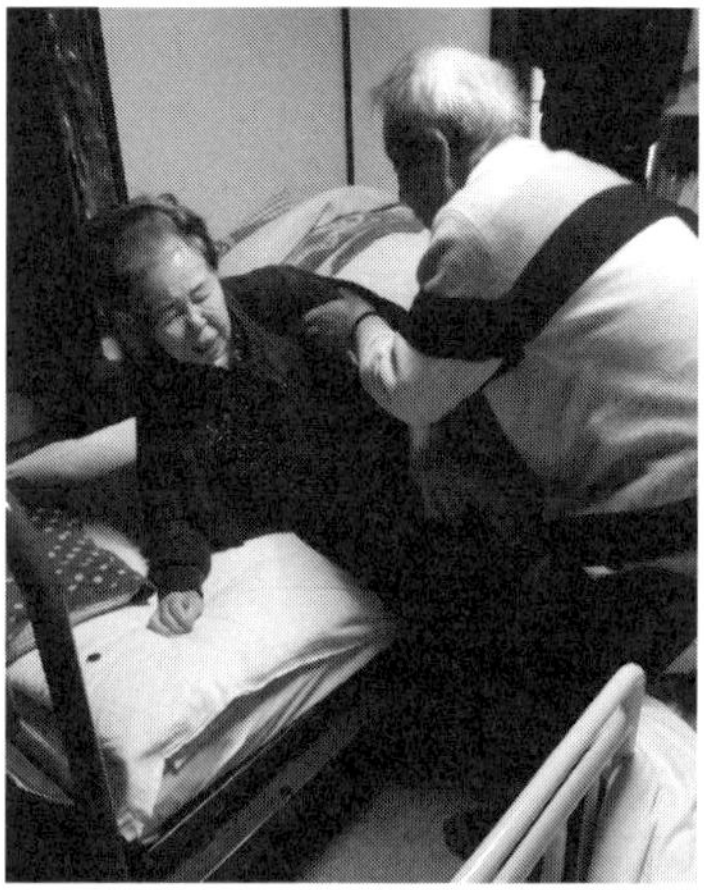

ほれ、おれが起こしてやらぁ

うやつだ。聞いたことがねえ？　そうかい。土台が銀色でなあ。真ん中に沖縄の紅サンゴがついてるんだい。これに見覚えがねえっきゃあ？」

「なんだい。ずいぶんきれなもんだいねえ。沖縄のサンゴだと？」

「ああ。もう35年も前にならいなあ。ふたりが農協の旅行で沖縄に行ったんべ。そん時におれにサンゴのカフスボタンとネクタイピンのセットを買ってきてくれたんだい」

「あれえ、そんなことがあったかねえ。だけど、そのなんとかボタンってのはなんだい？」

「ほれ、背広を着た時にな、ワイシャツの袖口をきれえなボタンで留めるんだい。かっこよかんべえ？　この紅サンゴっつうんがよお、たまげるぐれえきれいな紅色でなあ。長いこと、ずいぶん重宝してたんだい」

「そうなんかいね？　でも袖じゃあなくて、上着の襟についてるじゃねえかい」

「ああ、そこだよ。ここ何年かおれがスーツを着なくなったんべえ。だからカフスボタンとかネクタイピンなんかは使わねんさあ。いっぺえ持ってるカフスボタンも引き出しに入れっぱなしなんだい」

「そうかい。よく分かんねえけどな」

「せっかくふたりにもらったんに、使わねえんじゃあ、もってえねえし、申し

親の想いを大切にしようと思ってさ

訳ねえやい。それでな、修理してくれる店に頼んで、カフスボタンふたつとネクタイピンのみっつをひとつにくっつけて、上着の襟につける飾りもんにつくり替えてもらったんさあ。見てみないね。よく目立つだんべえ」

「ああ。なっから（ずいぶん）目立たいなあ」

「親からのプレゼントを、これっからも一生大切に使うべえっつうことだい。自分で言うのもなんだけど、できた息子さんだいなあ」

息子のやつ、自分で自分をほめてらあ。おかしなやつだいねえ。

「そんなに大切に、長〜く使ってくれるんかい……。たけっしゃん、克彦がうれしいことを言うがね」

30年も40年も前に、あたしとたけっしゃんが、一緒に沖縄旅行に行ったことがあったんかあ。そういやあ、そんな覚えがあるなあ。あたしんちは和牛を飼ってたから、農協の旅行でも夫婦一緒に行ぐことはなかったたいねえ。どっちかは家に残って、牛の世話をしなきゃならなかったたからねえ。

あん時は、近くに住んでる妹夫婦に牛の餌やりだけ頼んで、たけっしゃんと一緒に旅行に行げたんだった。

「あんたはもう就職してたんだいねえ。夫婦ふたりで旅行に行ったんは、初めてだったたかもしれねえ」

「なんだい、新婚旅行も行ってねんかあ？」

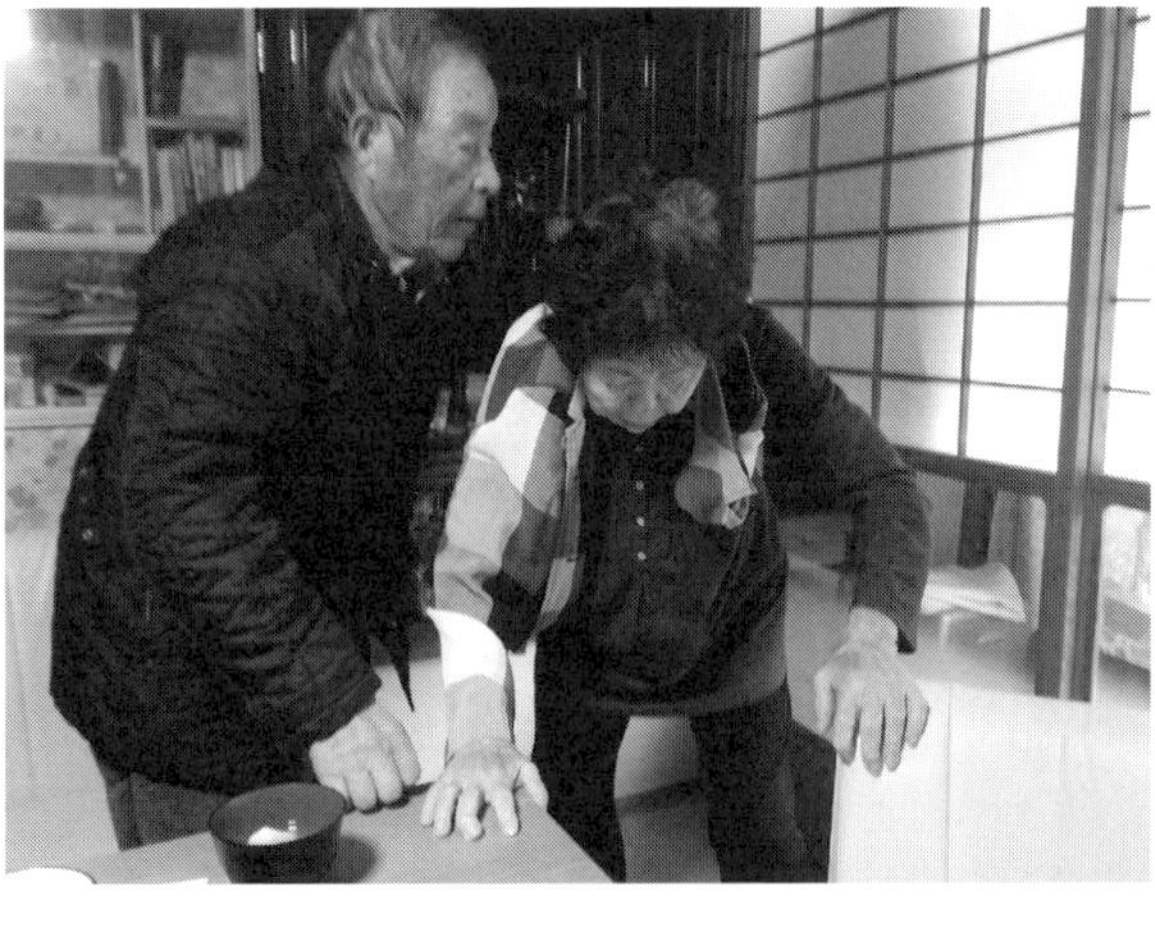

いつまでもふたりで

「あたしらの時代は、新婚旅行なんか行がない人が多かったんだよ」

「そうかい。そんな思い出の旅行で、おれにお土産買ってきてくれたんか」

「そうだよ。あんたも社会人になってたから、そういうきれえなボタンを使うかと思って買ったんだ。そうだよ。そのなんとかボタンにするべえって言ったんは、たけっしゃんだったよ」

「ああ、そうだ。おれが決めたんだ。海がねえ群馬で生きてきたから、沖縄は海がきれえでたまげたんさあ」

「なんだよ。ふたりしてずいぶん懐かしそうに、楽しそうに言うなあ。いつも、そうやって笑顔でいりゃあいいんになあ。夫婦で口ゲンカしてねえでよお」

◉畑仕事

畑の大根がやっと終わったいなあ。去年の秋の台風で、水が多すぎたから、あんまりよかあなかったけど、ずいぶん甘い大根になったい。近所の人も、みんなそう言ってほめてくれらあ。直売所に持ってっても、よく売れるから、おもしろかったい。
「そうだなあ。大豊作だった前の年みてえにはいがなかったけど、まあまあ、今年の大根もうまかったいなあ」

畑で一生懸命にジャガイモをつくったんだから

おらがちのジャガイモはうんめえ

「そりゃあそうだい。おらあ、何十年も大根つくってきたんだからよお」

「ああ。この大根は生のまんまで、なんにも味つけしねえでいっくらでも食べられたい。これが野菜の味っつうんだんべえ」

「ああ、そうだい。こういう味を、みんなにおせえてやらなけりゃあなあ」

「大根が終わったとなると、これからしばらくは暇になるなあ」

「そうだけどよお。3月にジャガイモを植えりゃあ、5月にはとれるようになるだんべえ」

「そうっきゃあ。それじゃあ、また直売所通いに忙しくならいなあ」

「そうだい。おらがちのジャガイモはうんめえからよお。いっぺえ売れるだんべ」

「そりゃあいいやい。だけどよお、去年は、傷があるもんも、ちっと腐ってるもんも、おんなじ袋に詰めたんべえ。あれえ、なんとかすべえや」

「そうかやあ。ちっとんべ（少し）ぐれえ傷があったって、そこを包丁で切りゃあ、食えるがな」

「ダメだい。わりいもんがへえってりゃあ、農協の人や買ってった客が文句言わあ」

「そうっきゃあ。うるせえことを言うんだなあ」

みんな、買ってってくんない

大根がよくとれたい

◉親切な女

「ところでよお。ゆうべ飯つくりにきてくれた女の人は、ありゃあ誰だあ？ 年子も『親切な人だいねえ、誰だんべえ』って言ってるぜ」

「なにお？　寝ぼけたこと言うない。あらあ、えっちゃんじゃあねえっきゃあ」

「えっちゃん？　そらあ誰だったっけなあ？」

「おれのかみさんだい。もう20年以上前から、顔見てるだんべえ」

「そうっきゃあ。おらあ、どこの親切な女の人かと思ってたんだい」

へえ、そうかい。おめえにはお嫁さんがいたんかい。おめえも大人になったもんだいなあ。

「いま、たけっしゃんと一緒に朝ごはんを食べたとこなんさあ」

「そおっきゃあ。年子さんも、たけっしゃんも、おかずもみそ汁も完食じゃねえっきゃあ。いいことだい」

「ほら、そこの白い菊がきれいだがね。隣んちがくれたんさあ」

「ああ、立派なもんだい。秋じゃなくっても、こんなに咲くんだなあ」

「どんぐりの木（デイサービス）の人がむけえにくるだんべえ。あたしは靴下

ふたりで朝飯食ったばっかりだい

はいたんだよ。たけっしゃんも靴下ぐれえはいたほうがいいやいねえ」

「ああ、ちげえねえ。たけっしゃんよお、早く支度しない！　だけど、いい世の中になったいなあ。年寄りになって体が弱くなったら、デイサービスっつう所がいっぺえできて、そこの人が送り迎えで遊ばしてくれるんだからよお」

「食べた後の茶碗はあたしが洗うよ。あんたは遠くからきてくれたんだから、座って新聞でも読みないね」

「年子さんよお。なっから調子がよさげじゃねえっきゃあ。自分で食器洗うなんざあ。珍しいやなあ」

「なに言ってんだい。あたしはまいんち洗い物してるがね」

「そうっきゃあ……。まあいいやい」

息子のやつ。あたしが食後に食器を洗うのは「よっぽどごきげんじゃないとやりません。2カ月に一度ぐらいかね」なんて、近所の人に言ってるんだよ。親をばかにするのにも、ほどがあるってもんだいねえ。何十年、台所仕事をしてきたか、分かってねえんだね。あんたが子どもの時に、誰のおかげで毎日ご飯が食べられたっていうんだい、まったく。

そりゃあ、農家は忙しいから、たまにはあたしだって、朝ごはんの洗い物を流しに置きっぱなしにして、夕方洗うこともあるさ。それなんに「年子さんが

洗面台で茶碗を洗えるかい

洗うんは珍しい」たあ、なんつう言い草だいね。

「年子さんなあ。洗面台にご飯茶碗とみそ汁の茶碗が置いたままだい。なかなかいい光景だいなあ」

「顔洗うところにお茶碗？　そらあ、たけっしゃんが置いたんじゃあねんかい。たけっしゃんは病気だから、困ったもんさ。顔を洗うところで、茶碗が洗えるもんかね」

「まあ、そうだいなあ……」

「なにを言ってるんだい。あすこに茶碗を置いたんは年子じゃねえっきゃあ。病気だからって、困ったもんだい」

「……」

洗いものだって掃除だって

◉小遣い

息子ったら、あたしの財布を勝手に見るんだよ。今もそうさ。「なんだい、年子さんよお。財布に金がへえってねえじゃねえっきゃあ」だってさ。人の財布の中を勝手にのぞくたあ、息子だって失礼ってもんさ。
「ああ。ここんとこ農協に行ってねえから、お金をおろしてねえんさ」

1　「にんちなんとか」

「じゃあ、財布に6000円入れとかあ」

「なんだい。息子が小遣いくれるんかい」

「ああ。この戸棚にしまっとくぜ」

自分の財布からお金を出して、あたしの財布に入れるじゃないか。まあ、農協の口座からおろしてくる手間がはぶけるからいいけどね。


だけど、息子は何時にきたんだろうねえ。ええ？　もう20分も前からきてるんかい。あたしは、今きたばっかりだと思ったよ。

せっかくきてくれたんだから、たまには小遣いでもあげようかねえ。安月給なんだろうから。

あたしの財布はどこにしまったんだっけえなあ。居間の食器棚の引き出しだったっけなあ。それとも台所の戸棚だったかねえ。

「あったあった。財布がこんなところにあった。やっぱりこたつの脇の棚の中だったいねえ」

「たった今、そこにしまったばっかりじゃあねんきゃあ。覚えてねんきゃあ」

「そうかいねえ。知らないよお、そんなこと。あれえ、財布に6000円も入ってらあ。忙しいんに今日もきてくれてすまねえから、これでえっちゃんとご飯でも食べに行ぎない」

年子さんがくれた小遣いは

「なんだやあ、おれに小遣いくれるんきゃあ」

「ああ。いつも世話んなってるからね」

「そうっきゃあ。じゃあ、ありがたくもらってぐかなあ」

「ああ、そうしとくれえ。たけっしゃんには内緒だよ。あたしの気持ちだからねえ」

「そうかい。せっかく小遣いもらったんだから、この金でかみさんとうんめえもんでも食うべえ」

「そうしとくれ。まあお茶でも飲みないね」

◉へらず口と正気

「なんにも分かんなくなっちゃったから、人間じゃあねえんだ。生きてる価値がないやねえ」

　朝、目が覚めると、こうなんさ。自分がなにしてるんだか、誰なんだか、分かんねえ時があるんだよ。腰は相変わらず痛いし、まいんち布団の中で泣いてるんさあ。

　それなんに、顔を見せる息子は「起きて動かねえと、腰も治んねえぜ。医者もそう言ってたがな」だってさ。こんなに痛いのに、起きて歩けっつうんかい。

たけっしゃんがご飯の支度をすれば

1　「にんちなんとか」

冗談じゃないよお。

「自分ちのことがあるんだから、まいんちきてくんなくてもいいよ。あたしたちのことは、ほっといとくれえ」

「あしたっからきなくていいんきゃあ？　ふたりが飢え死にしそうになるまでよお」

「たけっしゃん、あんたがそこに座ってないで、ご飯の支度をすればいいじゃねえか」

「あんたたちが結婚して60年以上も、一切家事をしたことがないたけっしゃんが、どうやって飯つくるんだあ？」

「あたしがいるんだから、大丈夫だよ。これまで世話になったいねえ」

「そうっきゃあ。年子さんがいるから安心かい。あしたっから全部任せられりゃあ、おれが助からいなあ。でもよお。そりゃあ、ねえだろうけどよお。じゃあ、できるかどうか、まずためしに起きてみないね。さっさと朝飯食ってさ。その後、家のまわりでも散歩してみようや」


あたしがなにを言ったって、息子はどこ吹く風だいね。「動かなきゃあ、腰の痛みは良くならねえ」「もうすぐ、どんぐりの木の人がむけえにくる」ばっかりさ。そんな息子の言うことなんぞ、おとなしく聞いてられねえよ。

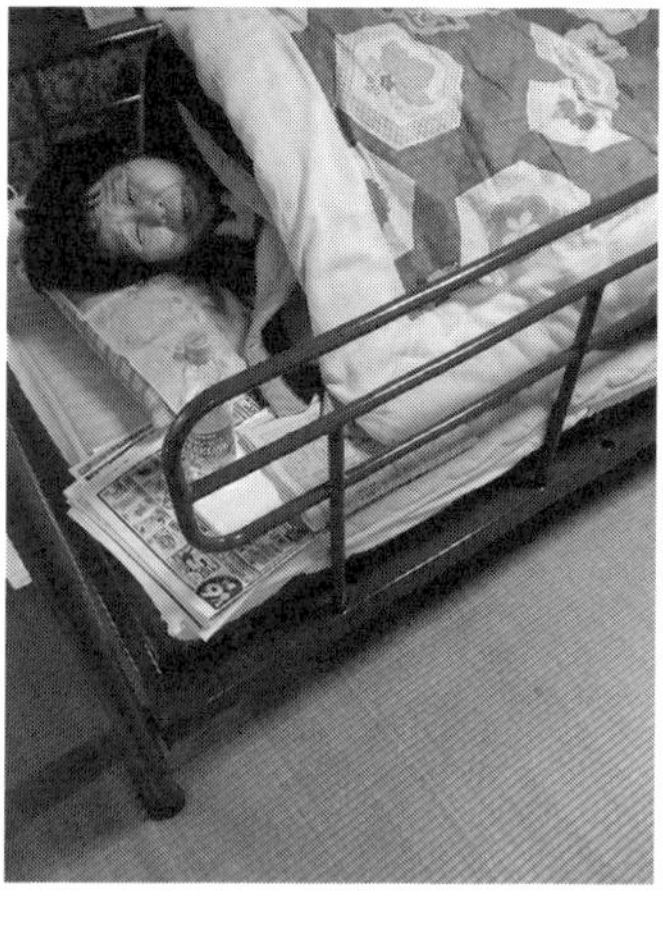
年子さん、早く起きないね

「自分が腰が痛くなったことがねえから、そんなことを平気で言えるんだよ。もっと、体が痛い人の身になって考えたらどうだい。今日は、絶対に起きねえよ」

これぐらい言ったたって、バチは当たらねえと思うよ。でもさ。息子は不きげんそうな顔で言うんさ。

「いい加減に、おとなしく起きて、飯食ってくんねえかい。その減らず口で、あんたの息子さんが怒り出さねえうちによお」

こう言って、障子をピシャリと閉めるじゃないか。なにを怒ってるんだろうねえ。そういやあ、子どもの頃からわがままで、気に入らないことがあると、すぐに怒り出したっけ。いい年した大人のくせして、悪いところは直ってねえみてえだいねえ。

「たけっしゃん、『怒り出さねえうちに』だって。なんで怒ってんだろうねえ？　あれじゃあ、お嫁さんが大変だよ。いつになっても大人になれねえんだからねえ。困ったもんさ」

「ああ、そうだい。あらあ、昔からすぐ怒って友達とケンカしてたもんなあ。子どもの頃から、変わんねえなあ」

そろそろ、あたしが折れてやらないといけないかねえ。そうだ、このミカンでもおみやげに持たしてやれば、きげんが直るかもしれないねえ。ああ、もう

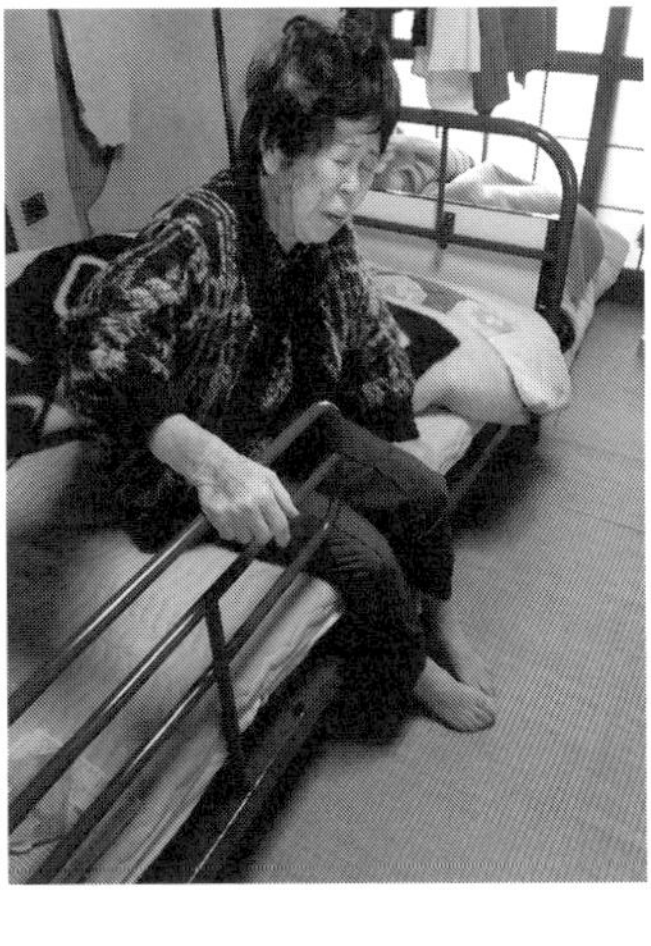
今日は起きたくないんさ

車に乗って、出て行ごうとしているじゃないか。

「ちょっと、この窓を開けとくれな」

「なんだやあ。庭まで出てきてよお。おらあ、高崎に戻らい。仕事が忙しいんだい」

「少しだけど、このミカン持って帰りないね」

袋に入れたミカンをあげたら、ちょっと苦笑いしているじゃないか。やっぱり、怒鳴ったのが恥ずかしいんだろうねえ。可愛げがあらあねえ。

「おいおい、これはおれが買ってきたトマトじゃねえっきゃあ。まあいいやいねえ。年子さんのきげんがいいうちに、黙ってもらって帰るとするかなあ」

◉まだ寝てるんきゃあ？

朝っぱらから、息子の大きな声がするんだよ。あたしは、まだ寝てたいのに、頭が痛くなるじゃないかね。

「なんだやあ、年子さん。まだ寝てるんきゃあ？」

「腰が痛くってしょうがねえから、朝ご飯も食べたくないんさ」

「そうっきゃあ。今日は月に1回、病院に薬をもらいに行ぐ日だい。飯食いたくねんだったら、みそ汁ぐれえ飲んだほうがいいぜ」

カニのお握りとは豪快だいね

「そうかねえ。なんにも入んないよ」

「まあ、朝の薬も飲むことだしよお。居間のイスに座ってない。みそ汁あっためてくらあ」

食いたくもねえんに、無理に食えって言うほうがおっかしいやねえ。

「なんにもいらねえよ。あたしはこのまま寝床に戻って、今日はいちんち寝てるんさ。あんたも、さっさと高崎にけえんなよ」

「いちんち寝るんか。ちっと待ってな。みそ汁持ってくるからよお」

息子のやつ、みそ汁だけ持ってくるかと思ったら、ご飯をお握りにして持ってきてくれたみてえだね。

「ほれ、みそ汁もお握りも、おれの分も持ってきたい。一緒に食うべえや」

「そうかい。じゃあ、あたしも食べようかねえ」

「冷蔵庫にあったはずの梅干しが見つからねえから、カニカマをお握りに詰めてみたんだよ。これ、けっこううまいぜ」

「なるほど、うんまいねえ、このお握り。なにが入ってるんだって?」

「カニカマ……、じゃねえ。カニの身だよ、カニの。朝から豪華なお握りだいなあ。いけるだんべ?」

「ああ、うんまい。そうかい、カニかい。めったには食べられないねえ」

「飯もカニも、まだいっぺえあるから、お代わりしてもいいぜえ」

畑仕事もほどほどにしなよ

なんか、けさは息子がやさしいねえ。カニのお握りとサトイモのみそ汁がうんまくって、おなかがいっぱいだよ。

「さあ、病院に行ぐか」

「その前にさ、たけっしゃんに言うことがあるから、畑に連れてっとくれえ」

「なんだやあ。また憎まれ口でもたたきたいんきゃあ。でも、言うこときいてやらねえと、ぐずるからなあ」

なんだい。やさしいと思ったら、はあ憎まれ口かい。まあ、いいやいねえ。とにかく畑に寄ってもらえれば。

「ああ、いたいた。たけっしゃんがよお。野菜に水をまいてらあ」

「たけっしゃん、あたしはこれから医者に連れてってもらうからね。畑はほどほどにしてけえんな。倒れでもしたら、おおごとだからねえ」

「なんだやあ。だんなさんのことを心配してるんかい。いつもケンカしてるんに、本当は仲良しなんだねえ。ずいぶんやさしいことを言うじゃねえかい。仲がいいはずだい。大きな声じゃあ言えねえけど、夫婦そろって認知症になるぐれえだからなあ。健やかなる時も、病める時も一緒って訳だ。

ふたりの病気は、お医者さんの話じゃあ、アルツハイマー型認知症っていうんだそうだ」

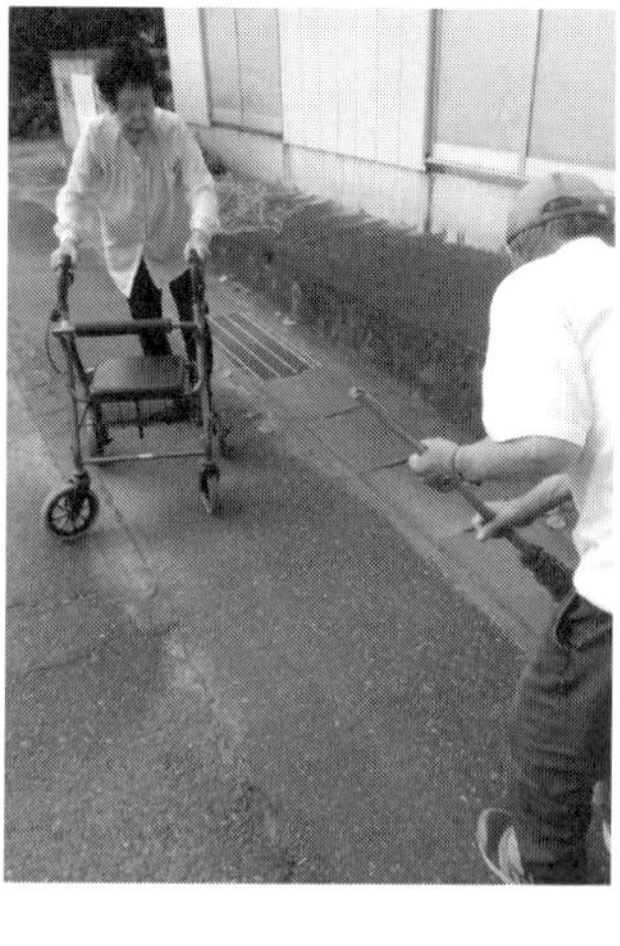

まったく、たけっしゃんときたら

2　ファイトお！

◉バトルのヒビ

「義兄さん、どうしたん、その顔？」

「あれえ、叔母さんの言う通りだい。右のほっぺたにでっけえ引っかき傷があるじゃねえっきゃあ。こらあ、医者に行ったほうがいいかもしれねえなあ。痛かあねんきゃあ」

「ああ、別に痛かあねえよ」

「たけっしゃんよお。ゆうべ年子さんとケンカしたんか？」

「そんなこたあしねえよ」

「うそべえ言うない。けっこうひでえ引っかき傷じゃあねえかい。年子さんのほかに誰が引っかくっつうんだやあ」

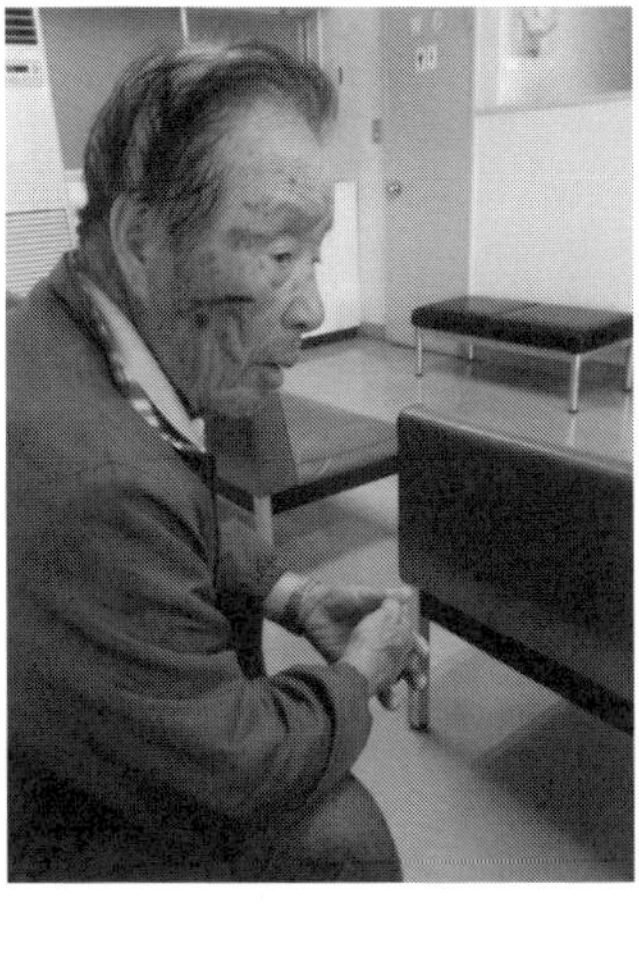

ひでえ引っかき傷だいなあ

「まあ、あらあ気がつええからなあ」

「じゃあ、たけっしゃんも年子さんをぶん殴ったんきゃあ?」

「殴りゃあしねえやい。ちっとはたいただけだい」

「同じことだい。やっぱりなあ」

「とりあえず、皮膚科の医者に行ぐべえ。薬のひとつもつけてもらったほうがいいかもしんねえ」

年子のやろう、晩飯食った後になって、急に怒り出すことがあるんだい。なんでも、おれが若い女と遊びに行ったとか、帰ってきねえとか言い出してさあ。おっかねえ顔して、おれに物を投げたりするんさ。

そんなこと言われたって、おれんちは年子とふたり暮らしだし、あとは息子がまいんちくるぐれえだがな。新聞配達の男の人が朝早くくるけど、あれはくれえうちにくるんだい。若い女なんかいねえがな。まったく、あらあ、おっかしいやい。なにを怒ってるんだんべえ?

あんまり言われりゃあ、おれだって我慢できねえ。言い返してやるんさ。

「なにをばかなことべえ言うんだ」ってよお。そうすると、年子が手を出してくるんだい。ほっぺたを引っかかれたんは、そういうことだい。まいんち顔を出す息子や年子の妹にはみっともなくって見せられねえやいなあ。

引っかいた? あたしは知らないよ

だけどなあ、顔の傷だけじゃあねえんだい、けさはよお。

「おはよう。ふたりともきのうみてえにケンカしてねえかあ。ちゃんと差し向かいで朝飯かあ。まあ、よかったいなあ。ひと安心だ」

「なにをおめえは言ってるんだい。ケンカなんかしねえがな」

「そうっきゃあ。そりゃあ、よかったなあ。でもよお。たけっしゃんなあ、右手にタオルを巻いてるじゃねえかい。なんだあ、そりゃあ。それに箸を左手で持ってるのはどうした訳だい？　ケガでもしたんかあ？」

「手がいてえんだい。じっとしてりゃあ、そうでもねんだけど」

「右手を動かすと、いてえんか？　そりゃあ、穏やかじゃないぜ。医者に診てもらうべえ。ちょうど年子さんのデイサービスの車がきたから、年子さんはその車に乗りな。たけっしゃんは医者に行ぐべえ」

「右手のレントゲン写真を見てください。ほら、右手首の骨に1センチくらいヒビが入ってますよ」

「先生、父親が転んだ可能性はないでしょうか」

「ケガの場所は、転んでヒビが入る場所じゃあないですね」

「転んだ時の手のつき方が悪かったって状況じゃあないんですね？」

なんで腕がいてえんかなあ

「ええ。ヒビは手首の外側の骨ですね。これは相手に棒などで殴りかかられて、とっさに自分の腕を前に出して顔を守る時に起きるケガですよ。右手首の骨のヒビですから、全治一カ月。いや、ご高齢ですからね。ふた月近くかかるかもしれませんねえ」

「やっぱりなあ。夫婦の大立ち回りがあったんでしょうね」

　息子とお医者さんがなんか話をしてらあ。難しい言葉べえでよく分からねえけど、つまり手首の骨にヒビが入ったってことみてえだな。

「たけっしゃん、年子さんと殴り合いのケンカになったんかあ?」

「そんなことをする訳がねえやい。でもなんで、いてえんだんべ。打ったこともねえしよお」

「しらを切るんじゃねえよ。年子さんが棒っきれみてえなもんでたけっしゃんに殴りかかってきたんじゃねんきゃあ」

「分かんねえよ、なんで痛くしたんだか」

「そう言えば、けさの年子さん、いつもよりおれに微妙に愛想がよかったんだよなあ。悪さをした子どもがよくやるがね。バレるんがおっかなくって、親に礼儀正しくするみてえな雰囲気だったんだい。やっぱり、たけっしゃんに悪さをしたことを覚えているんじゃあねんかなあ」

包帯でグルグル巻きだい

実はゆうべ遅くに、いつもみてえに年子と言い合いになってよお。だって、また「女と遊びに行って」「あんたとは一緒に暮らせねえ。すぐ出て行っとくれ」とかって言うんだよ。こっちだって我慢できねえや。イスから起きて年子の腕をつかんだんさあ。年子のやろう、テレビをつけたり消したりする棒みてえなもんがあるじゃねえかい、それでおれにかかってきたんだい。

おれだっておっかなくなったから、顔の前に右手を置いたんだい。そこに棒みてえなもんで殴ってきやがった。そこまでは覚えてるんだけど、そっから先はどうしたんだんべえなあ。


あーあ、右手が包帯でグルグル巻きだい。ひと月ぐれえ動かしちゃあいげねんだとよ。これじゃあ、箸も持てねえから、飯食うんに困らいねえ。

「たけっしゃんなあ。おかずは、このフォークで刺して食いなよ。茶碗の飯は左手でスプーンですくって食いな」

「ああ、しゃああんめえなあ。右手が動かなくって箸が持てねえやい」

「飯を食うんが大変げだいなあ。だったら、当面は握り飯にするか？」

「大丈夫だい。飯ぐれ自分で食えらあ」

それでも、息子が握り飯をつくって、おれの前に置いてくれたんだ。どうやって食うかなあ。手で食ってもいいけど、このフォークってやつもおもしろ

握り飯でもいいけどよお

げだいなあ。

「なんだよ、せっかくつくってやった握り飯をわざわざフォークで崩すんかあ。それですくったって食いにくかんべえ？　握り飯を手でつかんで食やあいいじゃねえっきゃあ」

「まあ、なんだな。フォークっつうやつでも食えねえこたあねえぜ」

「おもしろがってやがる。まあ、好きなようにしない！」

「ナスがまいんちでっかくなるけど、畑行ぐんがおおごとだい」

「たけっしゃん、片手じゃあナスとるんにハサミも使えねえやい。第一、まいんち使ってきた電動自転車にも乗れなかんべ？　おれが車で連れてってやらあ」

「ああ、そうしてくれりゃあ、ナスがとれらい」

おれが「これだ！」と思ったナスをつかむんさ。横にいる息子がハサミで切るんだい。そのナスを横にあるカゴに入れるだけだい。そうさなあ、7つか8つもとりゃあいいかなあ。

「たけっしゃんよお、畑に行ったから汗かいたんべえ。シャワーを浴びようや」

息子に手伝ってもらって服を脱いでなあ、すっ裸になって風呂場へ入るんさ。

それで、ゴミを捨てるビニール袋があるだんべえ？　息子があの袋でおれの

片手じゃあ、ナスをとるんもおおごとだい

右腕を包んでなあ、ひもでしばるんだい。ケガしたとこに湯がかかんねえようにな。

「ほれ、たけっしゃん、シャワーで湯をかけてやらあ。その後はボディソープで洗やあいいがな。まあ背中は自分じゃあ洗えねえやなあ。おれが洗ってやらあ」

「そうかい。すまねえなあ」

「まあ、子どもの頃にたけっしゃんに洗ってもらったことはあるけど、おれがたけっしゃんの背中を流したことなんかなかったいなあ」

「そうだったかなあ」

「ああ、生まれて初めてかもしんねえ。まあ、貴重な経験だい。そう思えば、年子さんの乱暴狼藉も、全部が全部悪かあねえやいなあ」

　全身を洗ってな、息子がシャワーっつうんかあ、湯がシャーって出るやつさ。それで泡を流すんだい。

「ほれ、タオル渡すから、またぐらは自分でこすってくれや。まあ、ここはせがれに洗われたくはねえだんべえ」

「そりゃあ、そうだい」

　こんなとこまで息子に洗ってもらう訳にはいがないさね。

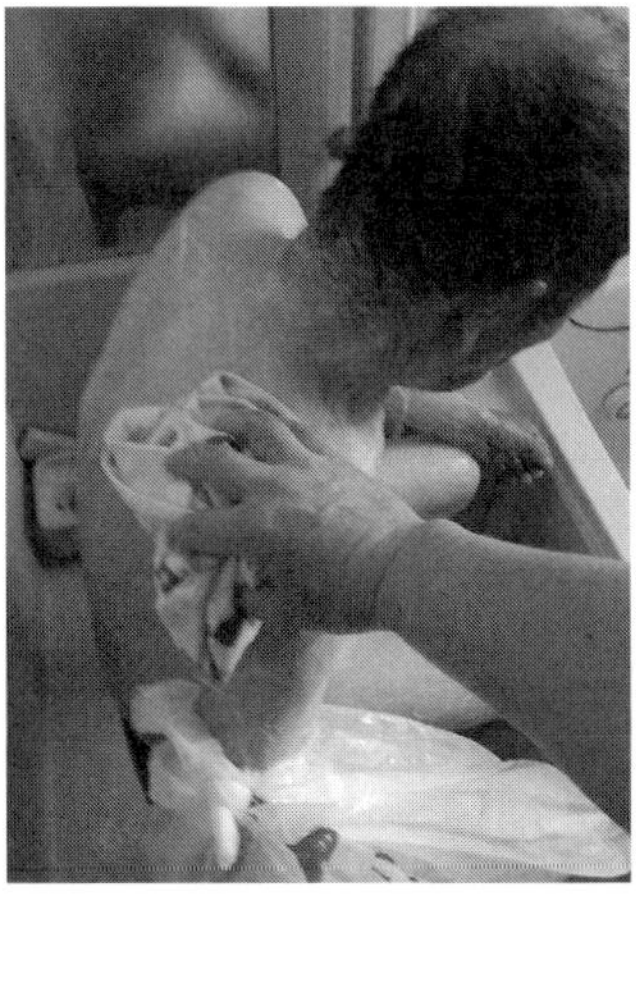
すまねえな

◉年子さんの傷

おっかしいんさあ。朝起きて、鏡の前に行ったらね。

いっくらおばあさんでも、顔を洗ってお髪ぐれえなでつけなくちゃねえ。そしたらさ、両方の手首とか手の甲に傷がいっぱいついてるんだよ。鏡で顔を見たら、額の右隅に１００円玉ぐらいの大きさの薄いアザがあるじゃないの。

「年子さんなあ。今日は病院に行って薬をもらってくる日だい。支度はできてるっきゃあ？」

「ああ、大丈夫だよ」

「あれえ？　顔にアザができてるじゃねえっきゃあ。それに手首も傷だらけだい。なんだや。たけっしゃんとケンカしたんかあ？」

「そんなことするもんかね。梨畑で梨の手入れをしていて木にこすったんさ」

「ばか言うない。年子さんが梨畑に行ったのは、埼玉の実家にいた娘時代だがね。60年以上も前の話だい」

「そうかいね」

「いつもみてえに、ゆうべ、たけっしゃんにケンカを売って、怒ったたけっしゃんが殴ったんかあ」

おかしいんさあ、顔にアザが

「いやあ、あたしは梨の木で引っかいたんだと思うんだけどね。きのうも畑に行ったんだから」

「嘘べえ言うない。きのうは朝っから夕方までずっとどんぐりの木に行ってたがな」

息子はこう言うけど、分かんねえんさ。あたしは畑に行ったような覚えがあるんだけどね。

●黙ってらんねえ

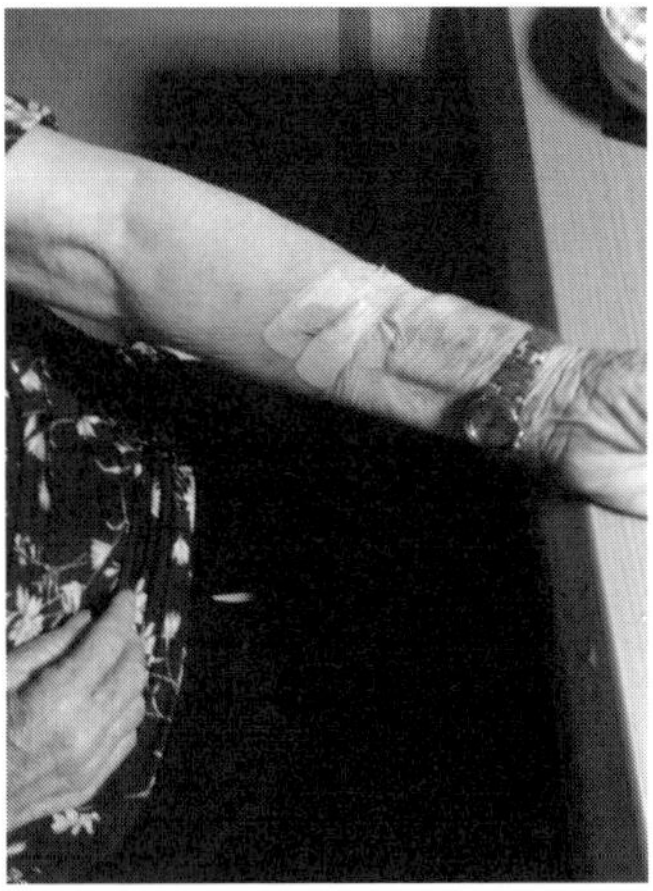

手にも傷がたくさんあるんさ

たまには掃除しねえと、さっぱりしねえやいねえ。だって、たけっしゃんは掃除なんかしたことがないし、あたしがやらなきゃ誰がやるってことだいねえ。けさ起きたら、あんまり腰も痛くねえから、玄関の上りはなぐらいは、ほうきで掃除しなくちゃならないやねえ。

「あれえ、朝早くからきてくれたんかいね。玄関まわりがほこりだらけだから、掃除してるんさあ」

「そうだいなあ。家に入ってきてここがきれえだと、気持ちがいいやい」

「さっきは冷蔵庫の野菜庫をふいたんさあ。野菜くずで汚れてたからね」

そうなんさあ。台所もこたつの間も、寝床も、あたしがきれいにしなきゃあ、誰もやっちゃあくれないよ。

「おお！　なっからきれえになったいなあ。おれも冷蔵庫の中を掃除すべえと思ってたんだけど、やっぱりこの道60年の主婦にゃあ、かなわねえなあ。年子さんよお。食器も全部洗ってくれたんかあ。きれえなもんだい。じゃあ、おれが食器棚にしまうかなあ」

「いいよお。いつも世話になってるんだから、あたしが少しっつやるから」

わざわざきてくれた息子がやることはないよ、台所仕事なんか。自分の家のことぐらい、自分でできるがね。なんか気分がいいやいねえ、自分でやると。


今日は月に1回、病院に行ぐ日らしいんだよ。息子がきて「病院に行ぐから、車に乗りない」って言ってるんさ。車で15分もかからない病院で、いつもの先生に診てもらって、あとはひと月分の薬をもらって帰るだけなんだけどね。

それでもお昼前いっぱいかかるんさ。混んでるからね。息子だって早く仕事に戻りたいだろうに、いつもいつも迷惑かけてて申し訳ないやねえ。なんでこんな体になっちまったんだろうねえ。そう思うと、泣けてくるんさ。待合室だからいっぱい人がいるんだけど、涙が止まらなくなる時があるんさ。

横にいる息子は「なにを泣いてんだい。もっとニコニコしてなきゃあダメだがね」なんて笑ってるんだけどね。

玄関ぐれえ、きれいにしなけりゃ

「たけっしゃんは、お昼の用意ぐらいしてるかねえ。真面目でやさしいんだけど、ちょっとした気配りが足りねえからねえ」

「そうだいなあ。でも、たけっしゃんは年子さんが好きなんがよく分かるだんべ」

「あたしが文句ばっかり言ってて、わりいと思ってるんさ」

「ああそうだ。80半ばになったらケンカなんかしねえで、仲良く暮らしない」

「そうだいねえ。分かってるんさ……」

「まあ、どっかのスーパーで弁当を3つ買って帰るべえ。みんなで昼飯にすりゃあいいがな」

「そうするかねえ。すまないねえ」


　息子がなんか買い物してるんだけど、なにを買ってるんかねえ。よく分からないやねえ。でもこんなによくしてくれるんだから、家に帰って、もしたけっしゃんがお昼の用意をしてなかったら、怒鳴りつけてやらなきゃねえ。

　あれえ。たけっしゃんがいないねえ。畑にでも行ってるんだろうかねえ。ああ、向こうから自転車で帰ってきた。やっぱり、お昼の支度もしねえで、畑に行ったんかい。

「なにしてんだいねえ。克彦があたしを病院に連れてってくれたんだ。たけっ

食器も洗ってくれたんきゃあ

しゃんがお昼の支度するんがあたりめえじゃあねえかい」

「おめえはなにを怒ってんだやあ。おらあ、畑で忙しいんだい」

「そんなこたあ、知らねえよ。とにかく、あんたがなんにもしねえから腹が立つんだよ」

「年子さんなあ。もういいじゃねえっきゃあ。たけっしゃんは遊んでた訳じゃあねえやい。畑で仕事してたんだい。みんなで弁当食うべえや」

「いいや。黙ってらんねえ。たけっしゃんは、若い頃から、自分勝手でさあ。畑に行ったんだか、若い女のとこに遊びに行ったんだか、分かったもんじゃゃねえよ」

「ばかなことべえ言うない。おらあ、畑から帰ってきたべえだい」

「なにを言ってるか、聞こえねえよ」

まったく、たけっしゃんときたら、役に立たねんさあ。息子が仕事を放ってあたしを病院連れてってくれたっつうのに、申し訳ねえっつう気持ちにならないんだから。

息子にひとこと「すまねえな」とでも言やあいいのに。

あれえ、息子がなんか大きな声を出してるよ。なにを言ってるんだろうかねえ。

たけっしゃん、ご飯の支度ぐらいしないね

「いつまでケンカしてるんだや。帰ってきてから、もう30分もケンカしてらあ。おれだって暇だからきてるんじゃあねんだい。わざわざきて病院に連れて行ってやって、弁当買ってやって、あげくに夫婦ゲンカされてりゃあ、やってられねえやい。もう面倒みきれねえから、あしたっからきねえやい。飢え死にしそうになったら、電話くれや。飯ぐれえつくりにきてやらあ。ふたりでケンカして、どっちかがどっちかを絞め殺したら、葬式ぐれえあげてやるから、安心しな。おらあ、帰るわ」

なにを怒ってるんだい。気が短いのが欠点だよ、この子は。

◉久々にやってくれた

「なんだや、たけっしゃん。起きてねんきゃあ。どんぐりの木の人がむけえにくるぜ。今日はたけっしゃんと年子さんふたりともどんぐりに行ぐ日だがな」

「おらあ、今日は行がねえ。行げねえやい。この顔じゃあよお」

「顔がどうかしたんか。どこもおっかしくねえがな」

「横のほうをよく見てみろい」

「横だと？　なんだよ、横向いてみない」

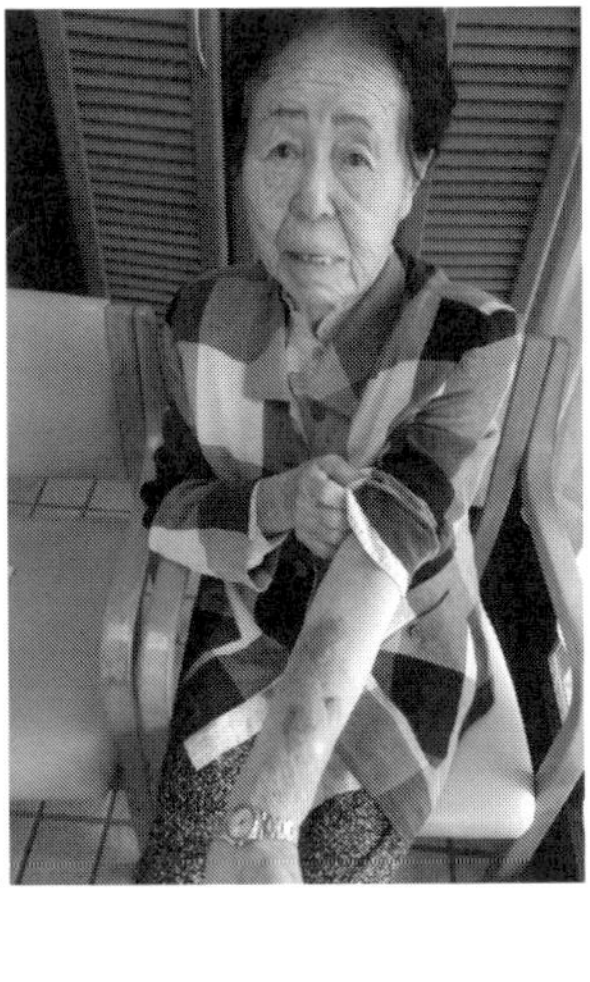
手の傷はどうしたんだい

「ほほお。かなり派手な引っかき傷があるなあ。夜中に年子さんとケンカしたんか？」

「夜中んなって、あれがのしかかってきてよお。持ってたなんかで、おれの顔を何回もひっぱたいたんだい」

「あたしがひっぱたいたって？　知らねえよ、そんなこと。おっかしいんねえ。なんでそんなにひどい顔になってるんだろうねえ」

「年子さんなあ。久々にやってくれたなあ。今年初めての年子さんの『刃傷沙汰』だいねえ」

「たけっしゃんもやり返したんか？」

「おらあやらねえ。のしかかられて、動けなかったたい」

「ホントっきゃあ。年子さんの手首に傷があるぜ」

　朝起きてっから、顔を洗って鏡を見たんだい。たまげたいなあ。ひでえ傷だい。いっくらなんでもよお。この顔じゃあ、どんぐりの木に行げねえやい。

「だってよお。この顔でどんぐりに行げば、『また、奥さんにやられたんかい？』ってみんなに笑われらあ」

「そうっきゃあ。去年の秋の傷のほうがすごかったいなあ。それでもまいんち

この顔じゃあよお

あたしがなにかやったんかい

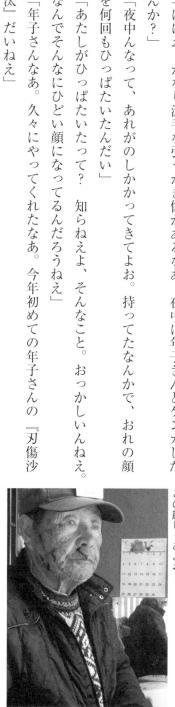

直売所に行ってたんべえ」

「ありゃあ、昔っからの知り合いべえだい。どんぐりたあ違わい」

「へえ、いろいろ分かっているんだなあ。たいしたもんだい」

まあ、庭の木でも切るべえ。枝が伸びすぎてらあ。今日はこんなことをしてりゃあいいやい。


「年子さんなあ。ほんとにケンカしなかったんきゃあ?」

「そりゃあ、たけっしゃんがあんまりきついことべえ言うから、口ゲンカぐれえにはなったんさあ」

「なんで言い合いになったんだやあ?」

「あたしがこんなに腰がいてえんに、たけっしゃんは知らん顔だからねえ。『大丈夫かい』のひと言もねんさあ」

「そうっきゃあ」

「『おめえはまいんち、どっかほっつき歩いて畑にきねえし。おらあ仕事にならねえやい』だと。今もそう言って庭に行ったよ」

「なんだやあ、おれが食卓に並べた朝飯もほとんど食ってねえじゃねえっきゃあ。しょうがねえなあ」

「畑でも行ったんかねえ?」

たけっしゃんがきついことべえ言う

「坪庭の植木の枝を切ってるがな。あしたやればいいんになぁ」

「ほんとさ。だからさっき文句言ってやったんさ。そしたら『おめえはうるせえから、病院にでもへぇれ』だと」

「……」

「ご飯はみんなで食べなきゃ、うんまくないやいねえ。たけっしゃんときたら、きついことべえ言うんだよ。克彦もそうだよ。憎らしげな顔してあたしに文句言うんだから、やになるんさ。たけっしゃんは庭にいるけど、克彦はどこに行ったんだろうねえ」

「あんたの息子さんは、目の前に立ってるがな」

「あんたじゃあねえよ。もうひとりいるがね、息子の克彦がさあ」

「おいおい、じゃあ目の前のおれは、誰なんだいね?」

「誰って、あんたはあたしの弟じゃあないかね」

◉重い病気だい

まったく、年子ときたら、おれに文句べえ言うんだい。なにが気にくわねえのか知らねえけど、まいんちケンカ売られちゃあ、おれだって我慢しきれねえじゃねえかい。あーあ、今も、起きたべえだっつうのに、なんかでっけえ声で

口ゲンカぐれえにはなったんさぁ

言ってらあ。

「たけっしゃん、ちょっとこっちへきてみって言ってるじゃあねえかい。早くきないね。ぶっくらけえして（ぶん殴って）くれるから」

「おめえは、なんでそんなことべえ言ってるんだやあ。まったく、ふざけやがって」

「こたつんとこに座ってブツブツ言ってねえで、こっちの寝床のほうにきてみっつってんだよ」

「うるせえなあ。ばかみてえなことべえ言いやがって。もう、我慢できねえ」

このばかたれめが。一発ぐれえぶん殴ってくれべえ。言われなくたって、そっちへ行ってやらあ。

「おはよう。おお、やってるなあ朝から。ふたりとも元気だいなあ。朝っぱらから夫婦ゲンカができるんだから」

「あれ、きてくれたんかい？　息子の前でこんなこと言っちゃあいげねんだけどさ。あたしゃあ、たけっしゃんがつくづく恐ろしいんだよ」

「また、年子のやろうがおっかしいこと言いやがって」

「もう一緒にいるんがやになったんさ」

「だったら、おめえだけどっかに行ぎゃあいいがな」

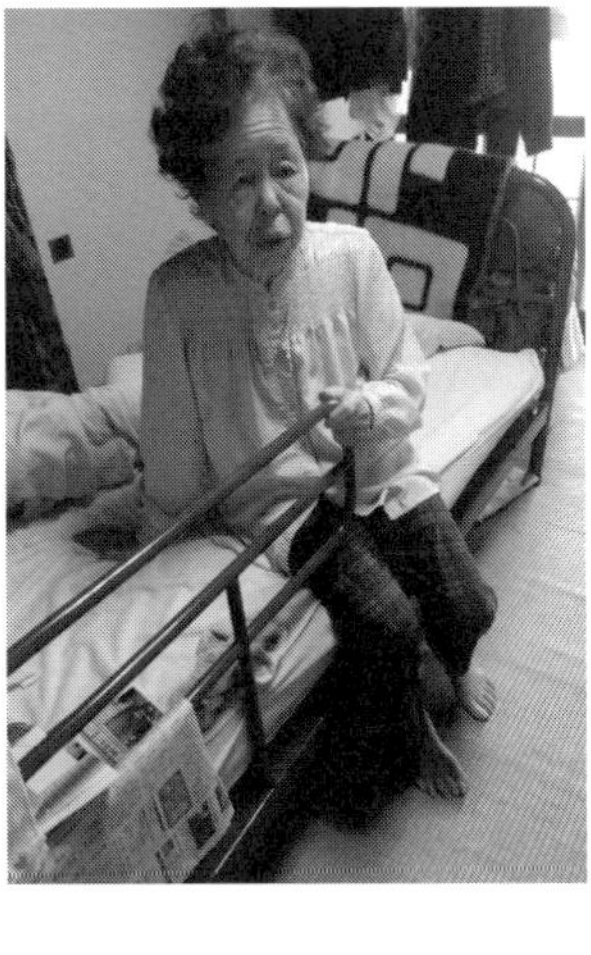

たけっしゃん、こっちにきないね！

一発ぐれえ殴らねえと、このやろうは分からねえかもしれねえなあ。でも、息子が言うんだい。

「たけっしゃんなあ。ちっと台所に行ぐべえや。ありゃあ、ダメだい」

だから、息子と2人して台所に行ったんさ。そしたら年子が追いかけてくるじゃねえっきゃあ。

「たけっしゃんなあ、バラックに行ってない。もうすぐどんぐりの木の人が年子さんをむけえにくるから」

「おめえがそう言うなら、バラックに行ぐけどよお。どうしょうもねえぜ、あらあ」

「たけっしゃんよお。おっかしいことべえ言うんは、それだけ年子さんの病気が重いんだい。まともに受けるなや。そうやって笑っていな。どうしても腹が立ったら、ぶん殴るみてえなことはしねえでよお、こうやって別の部屋にきないね」

「そうっきゃあ。年子は病気なんきゃあ」

「そうだい。おやげねえ（かわいそう）だんべや」

「年子さんなあ。ほれ、たけっしゃんはあっちのバラックにいらあ。変なことべえ言って、好きなとこに黙って行っちまうだんべ」

へんなことべえ言うんさ

「ああ、それが腹立つんだよ」

「だから、腹立てたってしゃあねえやい。重い病気なんだからよお。おやげねえだんべや」

「そうだいねえ。病気じゃあ、しょうがねえやいねえ」

「ああ、そうだ。だからたけっしゃんが変なこと言い出したら、別の所に行ったほうがいいやいねえ」

「そうするかねえ」

「そうしてくんない。ほれ、どんぐりの木のむけえがきたがな」

「そうだいねえ」

「きげんがちったあ直ったみてえだいねえ。それにしても、夫婦ゲンカの後で、庭の向こうのバラックに座るたけっしゃんと、それを眺める年子さんかあ。味わい深い光景だいねえ。年子さんよお。はええとこ、どんぐりの木に行ってきないね」

病気じゃあ、しょうがないねえ

◉雨のち暴風雨、のち快晴

ゆうべは隣組の宴会だったんだい。年子は留守番なんだけど、近くにいるあれの妹がきてくれたから、おれも「まあ、よかんべえ」と思って宴会に行った

んさあ。隣組の人もみんな「たけっしゃん、宴会に出てきなよ」って言ってくれてるし。

2時間ぐれえして、夜の8時すぎて家に帰ったら、年子が大荒れなんさ。

「たけっしゃん。なにも言わずに出かけるたあ、どういう了見だいね」

「なに寝ぼけたことを言ってるんだやあ。おらあ、隣組の宴会だがな」

「あたしは聞いてねえよ。だいたい隣組の宴会なら、夫婦そろって行ぐんじゃあねんかいね。あんたひとりで出てったのは、女遊びにでも行ったんだんべ」

「ばかなこと言うない。じゃあ、あした隣んちでも、裏んちでも、みんなに聞いてみればいいがな。おれと一緒にいたんだから」

「そんなことは知らないよ。いいやい、あたしは寝るから」

年子のやろう、おっかしいんだいなあ。文句を言うだけ言って、さっさと寝床に行っちまったい。まあ、いいやい、これでおれも寝られるからなあ。

あたしはどうしても、我慢できないんだよ。たけっしゃんは自分勝手だからね。ゆうべだって、どこへ行ったことやら。

まだ、暗いのに目が覚めちまった。たけっしゃんはいい気なもんだ。いびきかいて寝てるがね。かまわねえから起こしちまおう。

「たけっしゃん、起きないね。ゆうべは、黙って出かけたまんま、いつんなっ

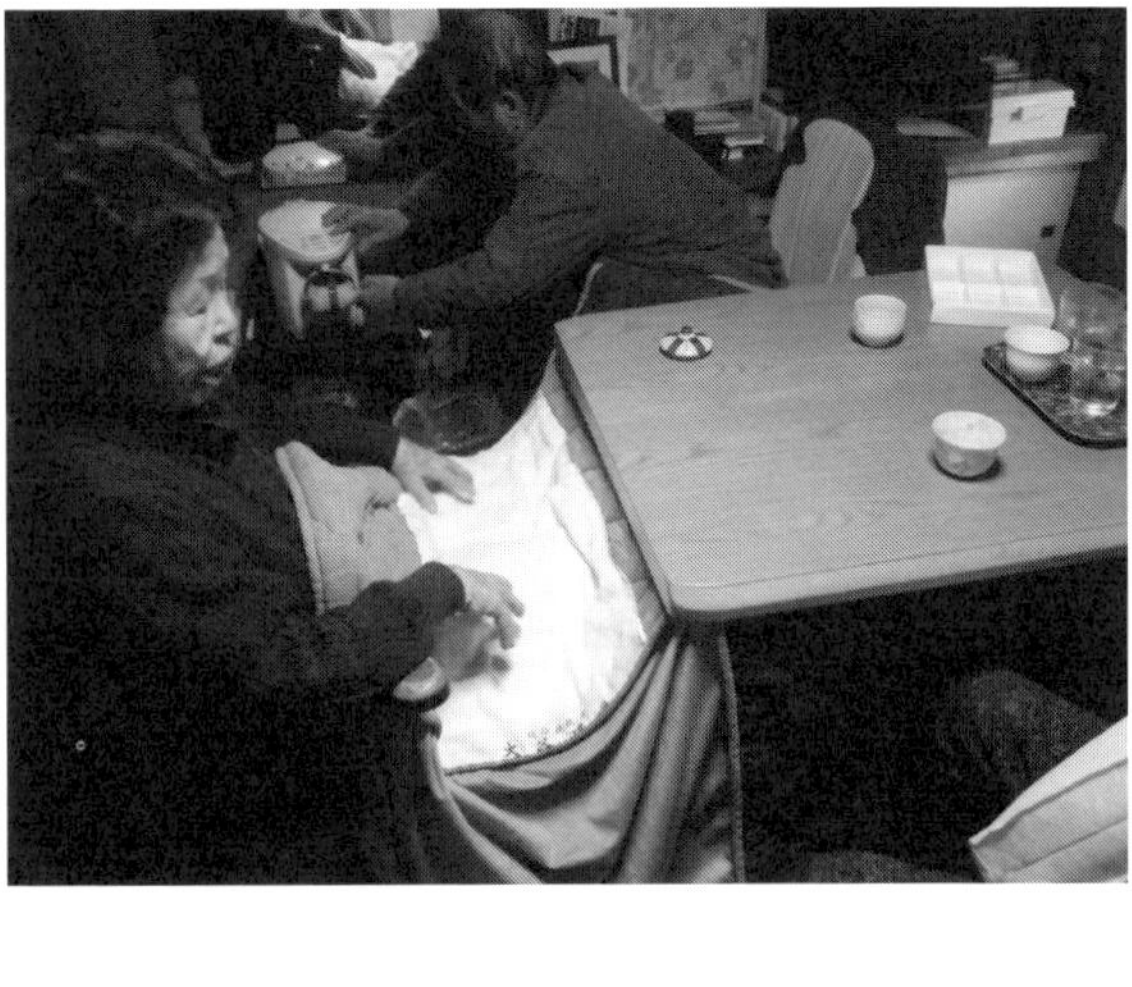

どこに行ってたんだい。お茶でもいれなよ

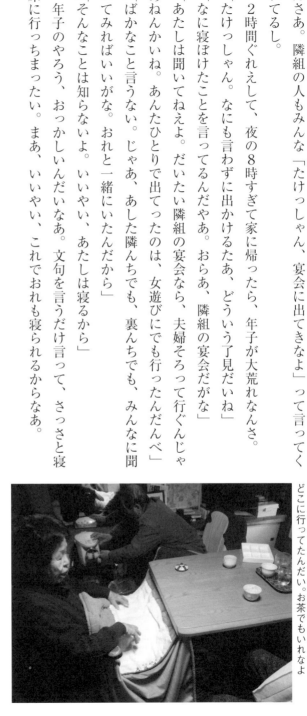

てもけえらねえ。あたしをバカにするのもたいがいにしないね」

「おめえは、ばかみてえなことべえ言うない。前から言ってた隣組の宴会じゃあねえっきゃあ」

「そんな宴会があることなんか聞いてねえよ。どこに遊びに行ったんだい？」

「なにおう？　このばかやろうがあ。おめえなんか今すぐ出てげえ」

「たけっしゃんが出てぎゃあいいがね。その前に、ぶっくらけえしてやるから、こっちにきな！」

「分かんねえことべえ言いやがって。黙らねえと、おめえの顔なんざあボコボコにしてくれらあ」


あらやだ。たけっしゃんとこんなことを言い合ってたら、明るくなっちまったよ。

ちょっとウトウトしたみてえだいねえ。


やだよお。たけっしゃんは、こたつにあたって、自分だけ朝ごはんを持ってきて食べてらあ。なんだい、息子もきてるじゃないかいね。

「たけっしゃん、ちっとこっちにきないね。ぶっくらけえしてくれるから」

「うるせえなあ。まだ、おっかしなことべえ言ってるんきゃあ。いいかげんにしろいな。克彦に笑われらあ」

朝早く起こされたから、大根とってきたんさ

「たけっしゃんなあ。いいから畑の草むしりに行ぎない。年子さんは、すぐにどんぐりの木の人がむけえにくらあ」

「だけどよお。あの言い草はなかんべえ」

「怒るない。年子さんは脳みその病気なんだからよお。おやげねえやな」


息子が言うからしょうがねえ、おらあ、畑に向かって歩き出したんさ。そしたら、年子のやろう、追っかけてくるじゃあねえかい。いつもは「腰がいてえ」って、手すりにつかまってやっと歩いてるんに、スタスタ歩いてきやがる。不思議だいなあ。

「たけっしゃん、待ちない。今、そっちに行ってぶっくらけえしてやるから。たけっしゃん、たけっしゃん、たけっしゃーん」

「たけっしゃん、かまわねえから畑に行っちまいな。年子さんはここで止めとくから」

「たけっしゃん、こっちにこいって言ってんだよ。聞こえねんかい」

「年子さん、よしなよしな。たけっしゃんの靴を放り投げるんじゃあねえよ。ご近所さんに笑われらあ」

そうなんさ。いっくら怒鳴ったって、たけっしゃんは畑のほうに歩いて行ぐじゃあねえかい。憎ったらしいやねえ。呼んでも聞こえねえふりしてるんだよ。

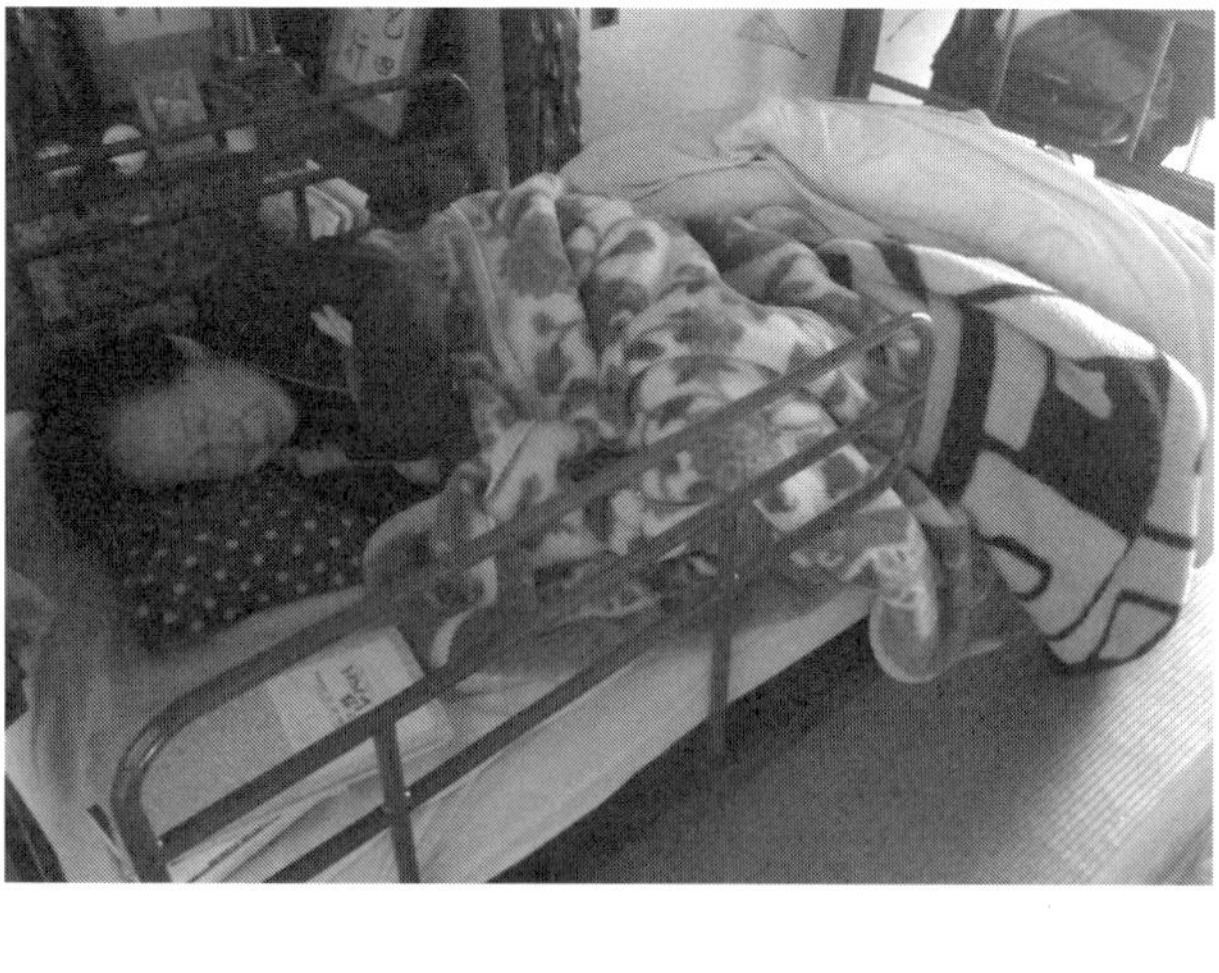
あら、ウトウトしちまったみてえだね

だけど、息子の言う通りだいね。ご近所に聞こえちゃあ、みっともないやねえ。

「分かったよ、近所の人に変に思われるから、よすよ」

「ああ、そうしな。ほれ、どんぐりのむけえがきたがな。さっさと車に乗って、行ってきたほうがいいぜ」

「あら、どんぐりさん。わざわざきてくれたんかい。お世話になりますねえ」

「年子さん、けさは表で待っててくれたんですかあ。ごきげんですねえ」

「そうなんさ。けさは気分がいいから玄関をはき掃除してね。外に出て待ってたんだよ。じゃあ、乗せてもらおうかねえ」

「あーあ、年子さんのやつ、笑顔で車に乗り込んでらあ。これだもんなあ。腰痛で伝い歩きしかできないのに、夫を罵倒している時は、スタスタ歩くんだからなあ。怒りでアドレナリンがガーっと上がったんだろうなあ。腰の痛さなんてどこかに飛んでいったんだろうね。息子から見てもあきれるばかりさ。まあ、元気なもんだい。究極の外面（そとづら）のよさは、磨きがかかってらいなあ」

行ってきま～す

もう、夕方の4時半をすぎたい。年子がそろそろけえってくる頃だんべえ。朝プイっと出ていったまんま。電話もよこさねえ。
あれ、車がきたい。ああ、ありゃあ息子の車だ。なにしにきたんだんべえ。

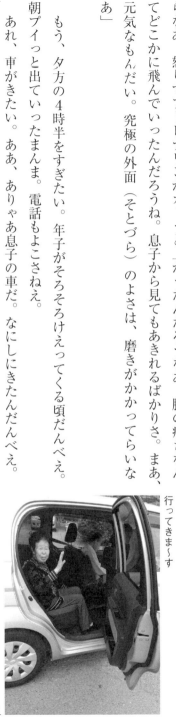

「なんだやあ、おめえはなにしにきたんだやあ」

「なにって、晩飯つくりにきたんに決まってるべえ。なにしてるんだや、表に出てよお」

「年子がけえってきねんさ」

「どんぐりの木に行ってるがな。まだ30分ぐれえはけえってきねえやい。家ん中で待ってたらどうだい？」

「そうか、どんぐりか。まあいいやい。風もねえから寒くねえし、ここにいらあ」

「けさ、あれだけ悪口言われても、健気なもんだいなあ。たけっしゃんはよっぽど年子さんが好きなんだいなあ」

「そんなこたあねえや」

「年子さんも年子さんで、たけっしゃんが出かけると、亭主がいない寂しさからイライラして、遂には爆発するんだんべえ。なんだな、『夫がいとしい』っつう愛情表現のひとつかもしれねえな。愛だね、愛。まあ、いい夫婦だ」


あれえ、あたしがどんぐりの木から帰ってきたら、みんなが揃ってるじゃないの。

さっさと家に入りゃあいいのにね。お湯は沸いてるんかい。たけっしゃんが

みんなでお茶を飲めばいいやね

お茶でもいれりゃあいいのに、気がきかねえやね。いいや、あたしがいれるから。お茶菓了はないかねえ。

「なんだなあ、年子さん。ゆうべっからの暴風雨はおさまったみてえだいなあ」

「暴風雨？　なんだいそりゃあ。きのうも今日もいい天気だがね」

「あの大立ち回りを覚えてねんきゃあ。やっぱりなあ。平和だいなあ。雨のち暴風雨、のち快晴ってところかいなあ。鮮やかなもんだぜ」

年子さん、暴風雨の後は快晴かい

3　絶好調

◉絶不調、いやいや絶好調

息子が車に乗せてくれるから、あたしにしたって医者に通うんも楽だいねえ。

「今日はなんの医者に行ぐんだい？」

「年子さん、毎週土曜にきてる腰の医者だがな」

「そうかい。初めてきた医者だいねえ」

「週に1回、腰に注射打って、今日で8回目だい」

「たけっしゃんに乗っけてきてもらってもいいんだけど、あの人は運転が危なっかしいからね」

「あらあ、ダメだい。たけっしゃんだけじゃねえやい。年子さんだって危ねえやいなあ」

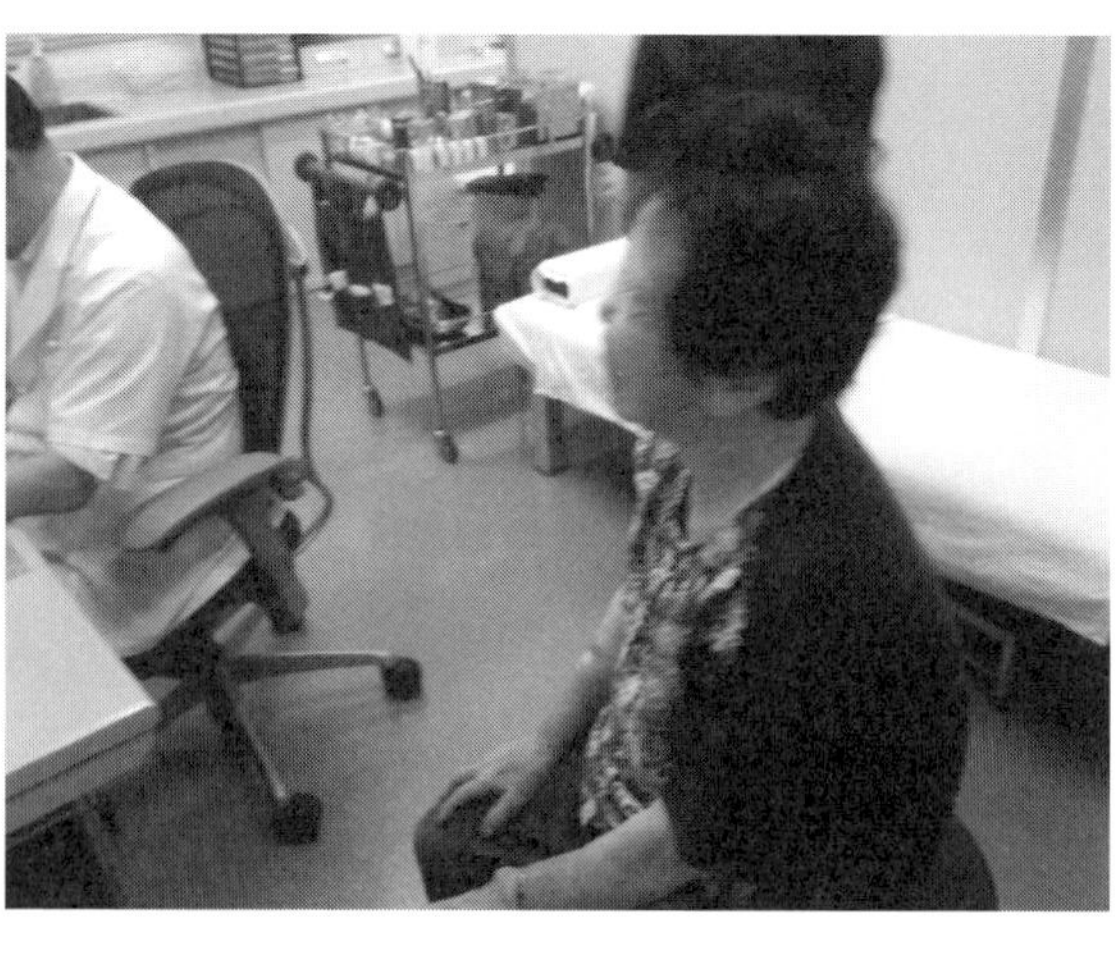

腰の医者通いも長くなったんさあ

「そうかね。きのうはちゃんと畑までトラック運転してきたよ」

「そうっきゃあ……」

《あんたたちふたりが運転免許を返納したのは、2年以上も前だったいねえ》

「お医者さん、混んでたねえ。もう11時半になるよ。お昼はどうしようかねえ。あんたは忙しいから、すぐけえるだろう?」

「朝っからえっちゃんと一緒にきてるじゃあねえっきゃあ。今日は年子さんの誕生日だから、たけっしゃんと4人でどっかに昼飯食いに行ぐべえって」

「えっちゃんもきてるんかい。知らなかったねえ」


医者が混んでたから、もうお昼じゃないかね。支度をどうしようかねえ。

「お昼はどうしようかねえ。あんたは忙しいから、すぐけえるだろう?」

「3分前に、おんなじことを言ったがな。朝っからえっちゃんと一緒にきてるじゃあねえっきゃあ。今日は年子さんの誕生日だから、たけっしゃんと4人でどっかに昼飯食いに行ぐべえって」

「えっちゃんもきてるんかい。知らなかったねえ」

あれえ。もうお昼近くだよ。いまからお昼の支度をするのも面倒だいねえ。

もうじきお昼だけどさぁ

「お昼はどうしようかねえ。あんたは忙しいから、すぐけえるだろう?」

「だからあ、3分前に聞いたよ、それは。朝っからえっちゃんと一緒にきてるじゃあねえっきゃあ。今日は年子さんの誕生日だから、たけっしゃんと4人でどっかに昼飯食いに行ぐべえって」

「えっちゃんもきてるんかい。知らなかったねえ」


おっかしいんだいねえ。もうすぐお昼になるから、ご飯の心配してるのに、息子は面倒くさげに言うんだから。お嫁さんもきてて、たけっしゃんも入れて4人で昼ご飯を食べに行ぐって、今初めて聞いたけど、もうちっと笑い顔して言えばいいのにねえ。まったく、おかしな息子だよ。


でも、せっかく息子夫婦が言ってくれるんだから、きげんよくご飯に行がなきゃね。それなんに、家に帰ってきたら、たけっしゃんがいねえんさ。

「えっちゃんさあ。たけっしゃんはどっかに行ったんかい?」

「それがね。お父さんたら『ちょっと用足しをする』って自転車で出てったまま、帰ってこないのよ」

「年子さんなあ。たけっしゃんがいねえやい。三嶋様の横の畑だんべえ。ちっと見てくらあ」

「そうしとくれえ。まったくしょうがないねえ。勝手にどこでも行ぐんだから。

「用足しに」と姿を消したのよ

病気なのは分かるけど、困ったもんさ」

見に行った息子が帰ってきたけど、畑にはいなかったんだってさ。

「別の畑にもいやしねえやい。直売所でも行ったんか。見てくらあ」

「ああ、そうしなよお」


しばらくして息子とたけっしゃんが一緒に帰ってきたんさ。

「どこ行ってたんだいねえ。直売所かい？」

「いやあ、白転車で走ってたら、分かんなくなってよお。でっけえ池のところまで行ってきたい」

「でっけえ池？　どこだい？　直売所の向こうにある矢場の池かい？」

「分かんねえけど。山がいっぺえ並んでてよお」

「この辺は、山べえだいねえ。なん十年ここに暮らしてるんだいね？」


とにかく、もう1時近いじゃないの。早く店に行がなくちゃあ。藤岡の街ん中に昔から仲良くしていた寿司屋があるんさ。

女将さんも、板前をしている息子さんも、みんな歓迎してくれるんだけどね。でも、息子夫婦に迷惑かけっぱなしで、寿司屋なんかにきていいんかねえ。そう思ったら、いやになってきてさ。

自転車でどこに行ってたんだあ

「こんなにいい思いをさせてもらってるのに、あたしがこんなんで申し訳ないねえ。あたしなんか生きててもしょうないんさ。死にてえ」

「年子さんなあ。誕生日にうんまいもん食いにきたんだい。泣かねえで食ったほうがいいぜえ。ほれ、女将さんも心配してるがな」

「年子さん、おめでとう。今日でいくつになったの？」

「ええっと。70かい。75だったっけねえ？」

「あら、年子さん。ずいぶんサバ読むじゃないの。さすがに女の子ねえ」

「あれえ、女将さん。あたしはそのくらいの歳じゃあなかったっけ」

「たしかあたしよりずいぶん上だよ。80代になってるんじゃないの？」

「まあ、いいやい。女の子だから、ほんとの歳は言いたかあねえよね」

「そんなことはねえけどさ。でもさあ。豪勢なお寿司だいねえ。あたしが好きなウニとイクラがあるよ」

「ああ、いっぺえ食ってくんない。ウニとイクラをお代わりしてもいいぜ」

握り寿司なんて食べるの久しぶりだから、おいしくってさ。自分の分だけじゃなくて、隣のたけっしゃんのウニももらって食べちゃったよ。まあ、こんなぜいたくは、なかなかできないやねえ。


夕方になると、息子が顔を見せるんさ。別にきなくてもいいんだけどね。晩

寿司屋さんなんてぜいたくだね

ご飯はあたしがつくるんだから。でも、息子は「おれは料理が得意だから」なんて言って、台所に立つんだいねえ。

でも、妙なことを言うんだよ。

「たけっしゃん、年子さんよお。昼飯の寿司はうんまかったいなあ。おれも握り寿司は久しぶりだい。普段はなかなか、ぜいたくできねえやいなあ」

「あれえ？　あんた、お昼にお寿司食べたんかい？　ぜいたくだねえ。今度はあたしたちにもおごっとくれよ。ねえ、たけっしゃん」

「そうだいなあ。おれも久しぶりに寿司が食いてえやい」

お寿司を食べたなんて羨ましいから、あたしは息子にそう言ったんさ。それなのに、息子は寝ぼけたことを言うんだよ。

「おいおい、覚えてねんきゃあ……。握り寿司ランチ4人前で1万円だい。無駄な投資になったいなあ。泣きてえ気分だい」

「なんだい、その寿司ランチってのは」

「こんなことだんべと思ったい。やっぱりうどん屋にすりゃあ、よかった。4人で2000円ぐれえで済んだんによお」

きてくれるんはいいんだけど、時々訳の分からねえことを言うからねえ、息子は。世間じゃあ「老人ぼけ」なんて言い方があるし、ぼっとかしたら（もしかしたら）息子もそろそろ……。

久しぶりにお寿司を食べて大満足さ

◉信用しないよ

「たけっしゃんが、けえってきねんさ」

「年子さんよお。たけっしゃんは直売所の掃除当番だがね。夕方6時半から7時までよお。裏んちのおじさんの車に乗っけてってもらったんべ。そのうち一緒にけえってくらあ」

「当番の後で、どこほっつき歩いてんだか」

だって、40年以上も前だけど、たけっしゃんには「前科」があるんだよ。本人は認めねえけどさ。まったく、男ってのはしょうがねえんさあ。食い気より色気なんだからねえ。

「ここんとこ、けえりがおせえ晩がずいぶんあるんだよ。あんたは高崎にいるから知らねえだろうけど」

「ほほお。ここ2年ぐれえ、まいんち通っているけど、たけっしゃんは夕方5時から先は家にいるじゃあねえかい。裏んちの車でけえってくるんだから、どこにも寄れねえやい。心配すんない。そのうち、けえってくるさ」

そんなことを言うけど、あたしは信用しないよ。なにしろ「前科」があるん

あたしに仕事を押しつけてさ

だから。あの頃は、嫁のあたしはなんにも言えやしなかった。お姑さんも、そりゃあ強かったし、「たけしが一番だ」だったからねえ。あたしはずっと虐げられてたんさ。それに、もう7時半をすぎてるがね。やっぱりどっかに遊びに行ったんだよ。

「あれえ、庭で物音がすらい。やっとけえってきたんじゃねんきゃあ。ほれ、玄関にたけっしゃんが立ってらあ。おお、たけっしゃんよお。ずいぶん掃除当番に時間食ったなあ」

「それがよお。裏んちの門のとこで車降りたら、真っ暗でなあ。どっち行ったらいいか分かんなくなってさ。分かんねえまんま歩いてたら、三嶋様の畑に着いたんだい」

「あそこまで歩いたんきゃあ。10分以上も歩いたんべ」

「ああ、そのくれえ歩いた。だけどな、三嶋様から家にけえるんなら、まいんちのことだから暗くたって分からあ。それで今けえってきたんさあ」

「真っ暗だと分かんねえよなあ。裏んちの門から家までは10メートルもないんだけどね」

「そうっきゃあ。おらあ、どうなることかと思ったい。真っ暗だし、誰もいねえしよお」

「とにかく無事に帰ってきたから、晩飯にしようや。年子さんはまだまだごき

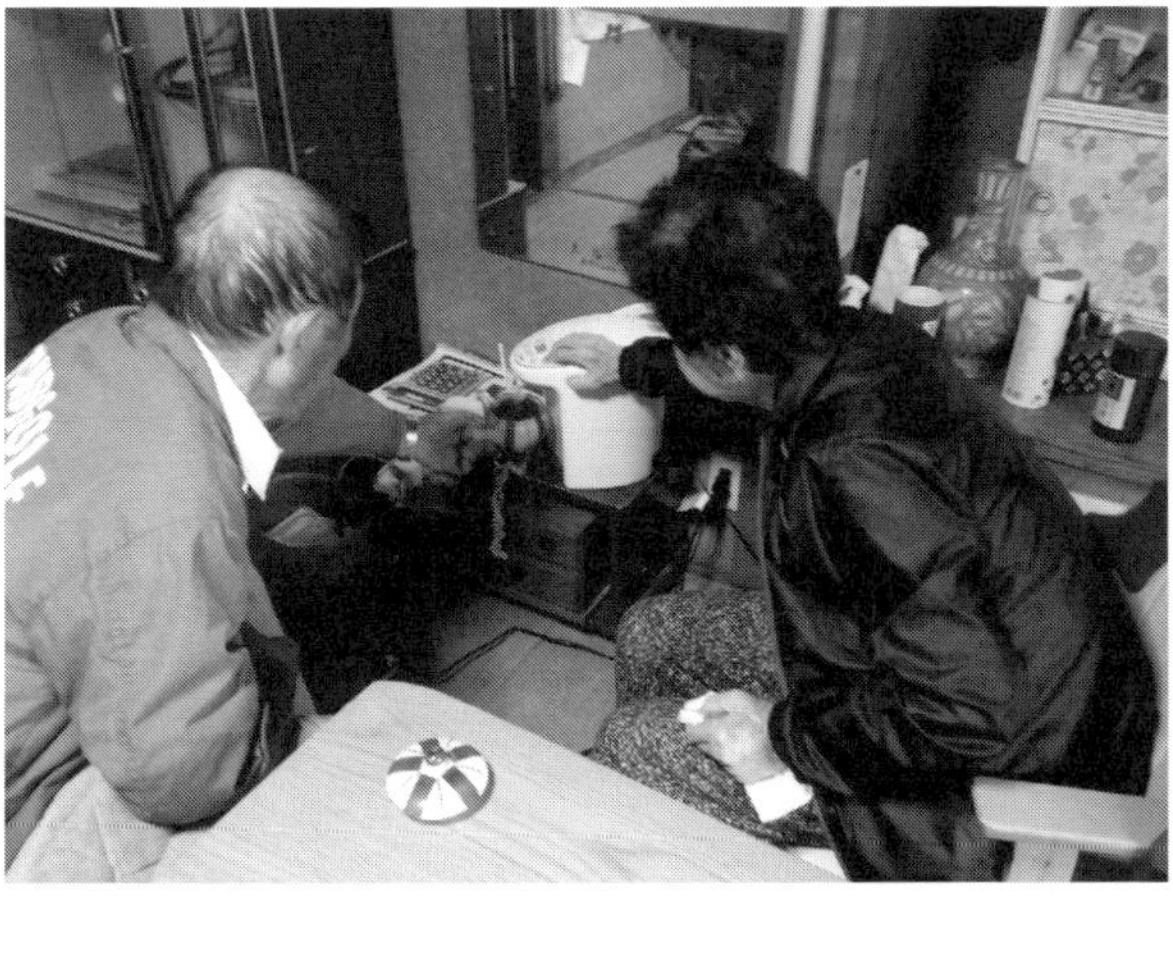

息子にお茶ぐれえいれてやりない！

げん悪そうだいねえ。まあ、台所に行ぎないね」

「まあ、行ぐけどさあ。まったくたけっしゃんはいい気なもんさ」

「そう言うなや。帰ってきたんだから」

「息子がご飯つくりにきてくれてるんだから、お土産を持たせなきゃなんねえ。畑でとれたきゅうりでもいいから。たけっしゃん、なんかねんかい？」

「ああ、きゅうりがちっとんべだけど、あるだんべえ」

「ほら、たけっしゃん。ビニール袋を持ってない。あたしがきゅうり入れるから」

「そうっきゃあ。じゃあ、いっぺえ詰めてやりゃあいいやい」

「ほほお。老夫婦が寄り添って、おれに持たせるきゅうりの袋詰めっきゃあ。美しい光景だいなあ。年子さんのさっきの剣幕はどこに行ったんだい？」

「剣幕がどうしたって？　あんたはいったいなにを言ってるんだい。早くご飯にすりゃあいいがね。たけっしゃん、この子にお茶をいれてやろうじゃないの」

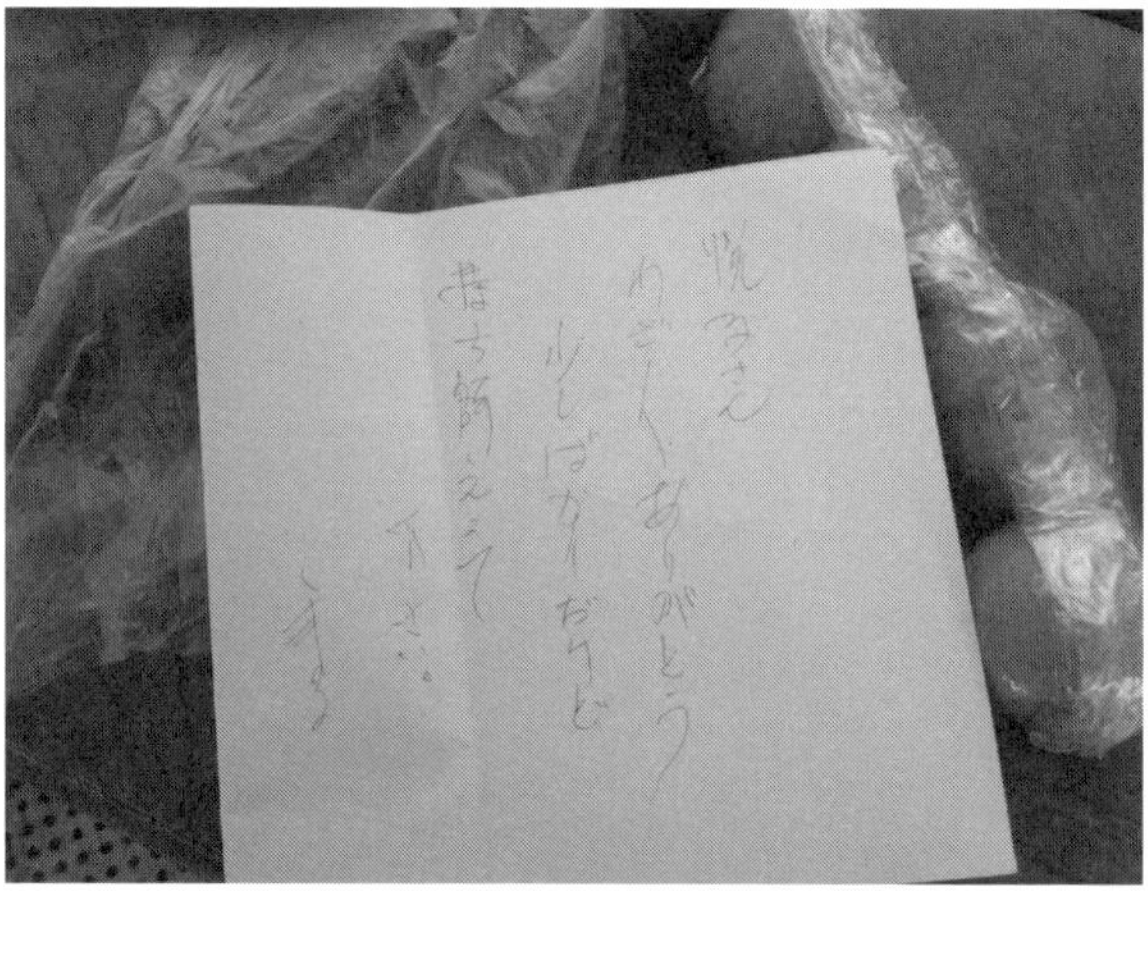

息子夫婦に感謝の手紙とおみやげを

◉病んでるのがたけっしゃんで

たけっしゃんは面倒だいねえ。紙のパンツを朝昼晩の3回も取り替えなきゃ

あなんねんだからさ。それに、自分ひとりじゃあサッサとはけねんさ。うまく足が入れられねえんだいねえ。あたしがまいんちはかせてやってるんさ。今日は息子がはかせてやってるんだからねえ。まったく、やになるよ。

「たけっしゃん。パンツまで息子に替えてもらうんかい。まったく情けねえやいねえ。でも、病んでるのがたけっしゃんでよかったいねえ。あたしが病んだって、母親のパンツは息子にゃあとっけえられねえやいねえ」

「ああ、そうだ。おれにゃあできねえやい」

「そうだろう？　あたしだって息子にやってもらう訳にゃあいがねえよ」

「おれだって、父親のパンツぐれえとっけえられるけど、母親のは無理だい」

「だから、病んでるのがたけっしゃんでよかったんさあ。あたしはこの先も丈夫でいるさね」

「ああ、そうだ。達者でいてくんない」

「でもなあ、年子さんよお。いま着てるシャツな。そのエンジ色のストライプのやつよ。そらあ、おれのお古をたけっしゃんにあげたもんだい。『畑仕事に着ればいいがな』ってなあ。どっかおっかしいと思ったんだい。それにしても仲のいい夫婦だいねえ。だんなのシャツを着るんだから。そう言やあ、たけっしゃんも年子さんのブラウスを着たりズボンをはいたりしてるしなあ」

病んでるのがたけしゃんでよかったんさぁ

年子さん、そりゃあ、おれがたけっしゃんにあげたシャツだい

「あれえ、そうかいねえ。あたしが着てるんは、たけっしゃんのシャツかい。それもあんたのお古かいね。そういやあ、年寄り臭くねえと思ったよ」

「おれが年子の服を着てるんだと？　そんなこたあねんやい。女物なんてちっちゃくて着られねえや」

「たけっしゃん、ズボンなんかは生地が伸びるから楽にはけるんだい。いいがな、どっちがどっちのシャツ着ても、ズボンはいても」

●ご飯の支度ぐれえ

たまにゃあ、あたしがご飯の支度ぐれえしなきゃあ、息子に申し訳ねえやいねえ。食卓にはゆうべ息子がつくっていったおかずが置いてあるけど、あたしだってつくらなきゃねえ。

「冷蔵庫になんか入ってるだんべねえ。凍ったエビがあらあ。こっちはなんだんべえ。細長え、ウナギみてえな焼き魚がパック詰めになってらあ」

凍ってるエビを取り出したのはいいけどさあ、どうやったらいいのか分からなくなってきたよ。どうしたもんかねえ。

「こっちの戸棚に並んでるのは、ご飯かねえ。冷めてて固いけど、しょうゆでもかけりゃあ、ちったあやっかくなるかもしんねえ。なになに、なんかちっ

なんでも冷蔵庫から放り出すからなぁ

ちぇえ字で書いてあるよ。『レンジで2分　炊きたてご飯』って書いてあるわ。だけど、レンジは、どのスイッチを押せばいいんだったっけねえ。分からねえなあ」

困ったもんさ、分からなくなったことべえで。いいや、息子たちがきたから、お任せすりゃあ。

でも、息子と嫁がご飯つくりにきてくれてるんだから、お土産を持たせなゃあなんねえやねえ。ちょうどチリ紙の箱が何箱もあるから、これえ持てってもらうべえ。

「あれえ、この小さくたたんであるのは、なんだんべねえ。そうか、持ち歩き用のチリ紙かあ。いつものよりちっと大きいけど、まあいいやい。持ってってもらやあ。だけど『尿取り』とか『パッド』って書いてあるなあ。ほんとにチリ紙かねえ」

「年子さんなあ、そうだい、こらあチリ紙だい。もらってけえらあ」

そうかい。まあ、息子がそう言うんだから、間違いないやねえ。

◉あたしがやらなきゃあ、このザマ

「庭の掃除ぐれえしねえと、バチが当たると思ってさ。今、起きてきたんさ」

お土産に持って帰れって言うけどなぁ

「そうっきゃあ。たけっしゃんは庭にいるぜ。年子さんも行ぎゃあいいがな」

「そうだいねえ」

「借りっぱなしで使ったことがねえ歩行器を、たまにゃ使ったらどうだい。普段は腰が痛くって20メートルも歩けねえんに、ケガで病院に入院してた最後の頃は、これで300メートル以上も歩いてたじゃねえかい」

「そうだいねえ。これにつかまって歩きゃあ、三嶋様の畑まで歩いて行げらいねえ」

「まあ、畑まで歩いて行がなくてもいいけどよお。家の前の道は舗装して真っ平らだい。毎朝、ちっとんべでも散歩すりゃあ、腰もよくなるだんべ」

「そうだいねえ。そこの角のところまで行って戻ってくるかねえ」

「ああ、そうしな、そうしな」

「なんだやあ、年子さんよお。なっから歩けるじゃあねえっきゃあ。まいんち朝に散歩したら、腰がよくなるんじゃあねんきゃあ」

「そうかねえ」

「ああ、そうだ。そうしな」

「柿の葉っぱや実が落ちて汚いねえ。たけっしゃん、このあたりをはけばいいがね。庭も草ボウボウじゃないかいね。あたしがやらなきゃあ、なんにもしね

庭ぐれえ私が掃除しなけりゃあ

葉っぱぐれえ集めなよ

えんだから、このザマだい。やになるんさ」

「よお、たけっしゃんよお。年子さんが柿の葉っぱをはいてくれとよ！　ほれ、そこにほうきがあらい」

「そんなこと言ったってよお。いっくらはいたって、まいんち葉っぱが落ちるんだから、やりようがねえやい」

「まあ、いいがな。年子さんがやる気になってるんだからよお。言うことを聞いてやりない！」

「まったく年子のやつ、自分じゃあなにもしねえんだい。腰がいてえっつって畑にもきやがらねえ。それなんに、言うことは三人前だかんなあ。いい気なもんだい」

◉うちは車がねえんかい？

バラックに行ったんだよ。畑に行ぐ車の調子もみなきゃあなんねえからさ。だけど、たまげたんさ。だって畑に行ぐ軽トラックも、買い物に行ぐ乗用車も見当たらねえんさ。
「大変だよ、たけっしゃん。うちの車がなくなってるよ。克彦んちの車はここにあるんにさあ」

車が見当たらねんさぁ

「おらがちの車はねえんだい。おれもおめえも免許を警察にけえしたがな」

「免許をけえしたって、車がねえってのはおっかしいじゃねえかい」

「おっかしいったって、ねえもんはねんだい」

「じゃあ、盗まれたんかい？　おまわりさんに届けたほうがいいんじゃないんかい」


今日は腰の注射をしにお医者さんに連れてきてもらったんさ。

「息子のあんたに、いつもいつも連れてってもらうんじゃあ、申し訳ねえやねえ。来週は、あたしが自分で運転して、１人でくるから」

「そうっきゃあ。年子さんの運転じゃあ、危ねえやいなあ」

「だって、あたしが運転しなきゃあ。たけっしゃんの運転じゃあ、危なっかしくってさあ」

「そうだいなあ」

「まあ、畑ぐれえまでならいいけどさ。お医者さんまでは、たけっしゃんじゃあ無理だいねえ。やっぱり、あたしが運転しなきゃあ」

「畑ぐれえまででも、やっぱり危ねえんじゃねんかなあ」

「そんなこたあ、ねえよ」

「だってよお。２人とも免許を警察にけえしちまったから、運転したらおまわ

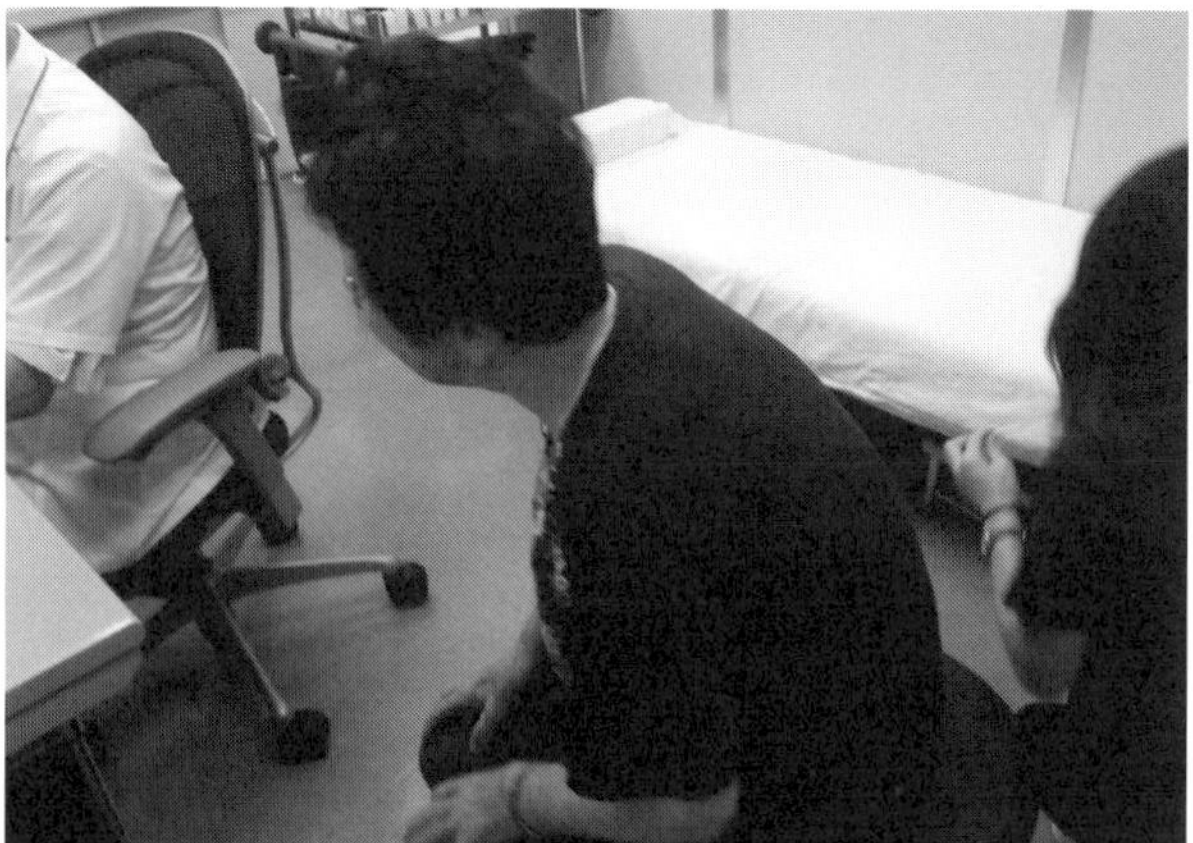

腰に注射を打ってもらいにきたんさ

りさんにつかまっちまわあ」

「あれ、そうかい。免許をけえしたんかい」

「そうっさあ。日本中で85歳になるとみんな免許をけえす決まりになったんだい」

「そうなんかい。みんなそうしてるんなら、しゃあないねえ。だけど、免許をけえしたって、運転するんはかまわねんだろう?」

「………」

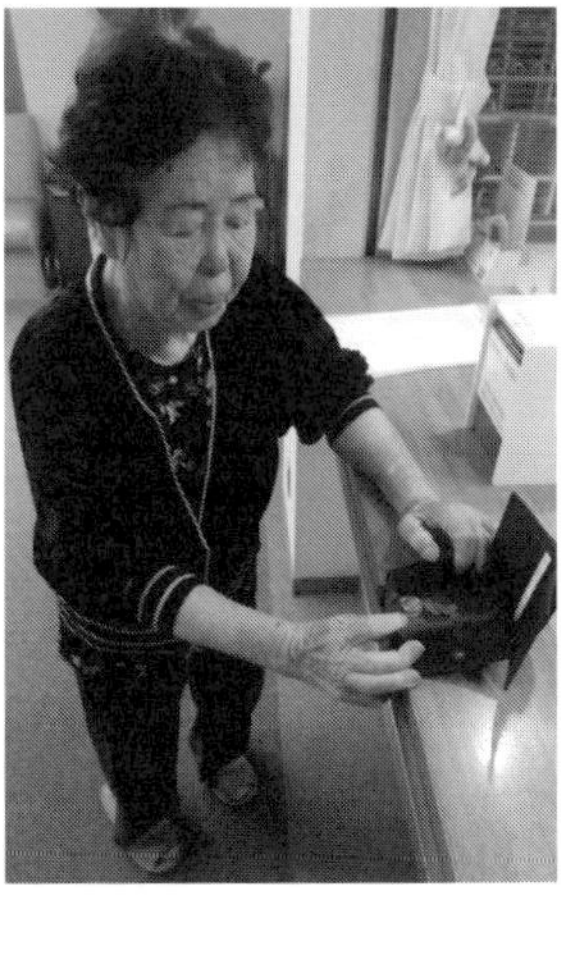
病院代はおたしが払うから

◉幻の紛失事件

また年子のやろうが、どんぐりの木に行ぐの行がねえのってゴネてやがらあ。飯がまずくならいなあ。あれえ、あっちからくるんは、隣んちのだんなさんじゃあねえっきゃあ。どうしたんだんべえ。
「おはようございます。あしたの交通安全の旗振り当番の連絡ノートが、たけっしゃんのとこで止まってねえかい?」
「交通安全の当番があるんか。おらあ分かんねえやい。克彦なあ、おめえ分かるっきゃあ?」
「たけっしゃんよお、ここの棚に書類が入ったクリアファイルがあらあ。これじゃあねんきゃあ。いつっからここに置いてるんだやあ？」

「おらあ知らねえやい。難しいことを言うなや」

「これだ、これだ。だけどねえ、息子さん。ファイルに入ってたノートがねえやい。10年くれえ前からの出番の記録が書いてあるんだよ。あれがなくなると困らいなあ」

「そうなんですか。たけっしゃんが捨てるこたあねえと思いますから、とにかく探します」

なんだか知らねえけど、隣んちのだんなさんに、息子が頭を下げてらあ。それに、息子のやつ、あっちこっち見回してなんかを探してらあ。台所の引き出しから寝床までよお。ゴミ箱まであさってらあ。

「おい、なんか探してるんかあ？」

「ああ、うるせえ。ちっと黙っててくんない。大事なもんを探してるんだからなあ」

ずいぶん探してたけど、出てきねえみてえだい。

「仕方ねえやい。午前の仕事予定キャンセルして、交通安全の役員さんの家に謝りにいくかなあ。たけっしゃんも一緒にきなよ。とにかく落ち着かなきゃなあ」

こんなところに回覧ノートを置いたんは誰だあ

息子のやつ、台所で水を飲んでらあ。なんでカリカリきてるんだんべえ。なに探してるんだんべえなあ。水じゃなくてお茶でも飲みゃあいいんになあ。食卓の上にお茶筒もあるんだから。

あれえ。お茶筒と小せえ紙の下に汚れた見慣れねえ帳面があるがな。

「おい、おめえが探してるんはこれかあ？」

「それだ、それだ。交通安全のノートだよ。目の前にあったんかあ。40分も探してたんに、見えなかったんだなあ。慌ててる時ってのは、こんなもんかなあ。普通に食卓を見れば、すぐに見つかったはずのものが、見えないんだいなあ」

ようやく、息子の探し物が出てきたみてえだい。

それなんに、息子の野郎は怒鳴ってやがらあ。

「クソッタレがあ。誰が食卓に置いたんだあ？」

「そりゃあ、おめえ。年子が置いたまま忘れたんだんべえ」

「誰がどうしたなんざあ、どうでもいいわい。あんたか、あんたの奥様のどっちかが犯人なんだからよお。探し回った時間をけえせ！」

息子のやろう、しゃじけて（ふざけて）らいなあ。おれか年子が、なんか悪さをした「犯人」だなんて言ってやがる。

怒鳴った後で、息子は表と裏の隣んちに謝りに行ったんだとさ。なんで謝るんだか、よく分かんねえけどさ。

探しもんきゃあ。ひと息入れろや

ドタバタしたから、ちっと腹が減ったい。なんかねえかなあ。冷蔵庫ん中に、見慣れねえ白いかたまりがあらあ。餅かもしれねえなあ。これでも小さく切って食ってみるか。

「こらあ、うんまかあねえなあ。でっけえ餅かと思ったらよお」

「たけっしゃんよお。こらあ、おれが買ってきた『ハモのすり身』だい。料理しねえでこのまんま食ったって生臭えだけだい」

「なんだあ、ハモっつうんは？」

「白身でウナギみてえな形の細長い魚だい。このすり身を油で揚げりゃあ、さつま揚げだい。小さくちぎって丸めて汁に放り込みゃあ、すり身のだんご汁だいなあ」

「なんだやあ！　おらあ菓子だと思ってよお。食ったら、てんで（とても）まじいんだい」

「あったりめえだい。生の魚だい、生魚。料理しなきゃあ食えるもんか。猫じゃあねえやい」

トマトじゃものたんねえ。なんかねえかなあ

◉3日分の薬

なんだか知らねえけど、戸棚のガラスに薬がいっぺえ貼りつけてあるんだいね。息子が、いくんちか分をガラスに貼っておくとか言ってらい。

「たけしゃんよお。あしたから3日ぐれえ、夕方から夜にかけて仕事や宴会でなあ、晩飯をつくりにきられねえんだ。晩飯はセブンイレブンに弁当を配達してもらうように手配しといた」

「そうっきゃあ。それを食えばいいんだし、おれだって薬ぐれえ飲めらい」

「うそべえ言うない。自分じゃあちゃんと飲めねえよ。だから、朝昼晩の薬を整理して食卓脇の食器棚のガラス戸に貼っといた。年子さんの薬も、おんなじように貼っとくからよお」

「そんなにベタベタ貼らなくてもいいがな」

「薬箱ん中じゃあ、分かんねえだんべえ。だからって、朝晩顔を出してくれる叔母さんに『2人の薬箱から取り出して飲ませて』とまでは頼みにくいしなあ。飲み忘れたら、そこまでだいねえ」

そんなもんかね。でも、次の日の朝になって、ガラスに貼ってある薬をちゃ

3日分の薬をいっぺんに飲んだって

んと飲んだんさ。

それで、昼になったら、昼飯つくるおばさん、ああ、ヘルパーっつうんかあ、その人がきて、なんだか分からねえけど、おっかしい顔してるんだい。戸棚のガラスを見て、なにやら考え込んでるんだいね。

それで、電話をかけ始めたんだい。

「木部さんの息子さんですか？　ヘルパーです。お父さんの朝昼晩の3日分の薬が、食器棚に貼ってあるはずですよねえ？」

「はい。メモを見ていただけましたか？」

「それが、ひとつもないんですよ」

「？？？」

「お父さんに聞いたら『目の前に薬がいっぺえ貼ってあったから、全部飲むんだと思って、けさみんな飲んだ』っておっしゃるんです」

「……」

◉いいがね

「ただいま帰ってきましたよ。今日はどんぐりで風呂に入ったんさ。さっぱりしたいねえ」

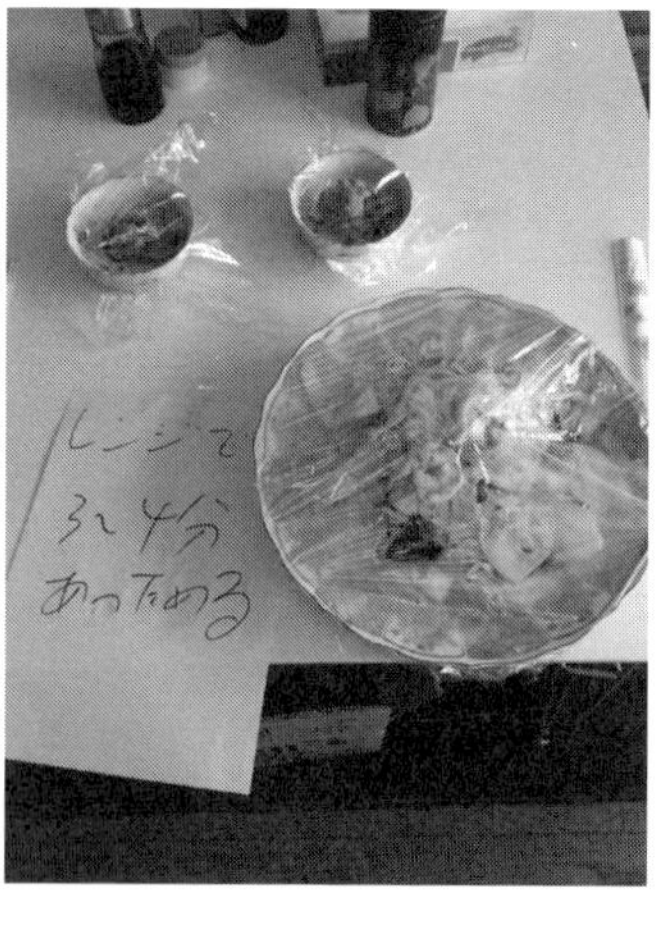

電子レンジはどう使えばいいんだい

「そうっきゃあ。さっき克彦が高崎にけえったぜえ。夜から仕事なんだとさ」

「なんだい。そうかい。じゃあ、その食卓の上の料理はたけっしゃんがつくったんかい？　ずいぶん豪華じゃないかい」

「おれじゃあねえやい。克彦がつくったんだんべえ」

「なんだい、そうかい。そうだと思ったよ。たけっしゃんにつくれる訳はねえもんね」

「あいつがなんか言ってたなあ。炒めもんはレンジであっためろとか。どうやったらいいか分かんねえから、このまんま食うべえ」

「ああ、それでいいよ」


「料理の脇に、なんか紙が置いてあらあ。なんだんべえ」

「たけっしゃん、字が書いてあるよ」

「なになに。『夜のなんとか』って書いてあるぜ。漢字一文字だい。こらあ、なんて読むんだっけ」

「なんだんべえ。『夜の』『夜の』、うーん、難しい漢字だいねえ。ひらがなで書けばいいのにねえ」

「小せえ袋がいくつかセロテープで貼ってあらあ。中になっから粒が入ってるなあ。こりゃあ、なんだんべえ」

「なんだんべえねえ。いいがね、ゴミ箱に捨てるか、そこらへんに置いとけば」

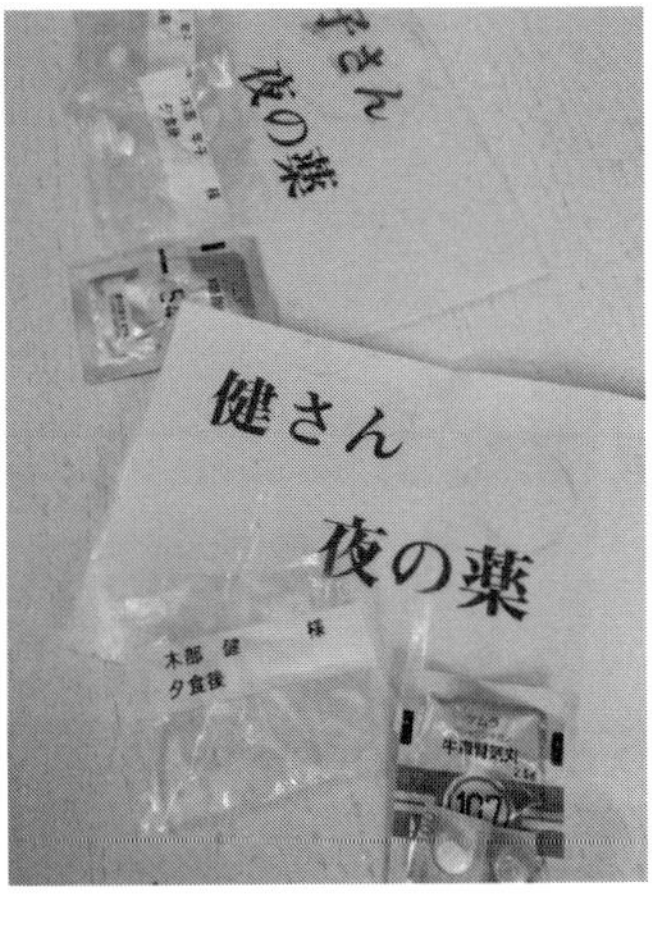

難しい字を使わないでよ

4 必殺料理人

◉この切り方でいいんかい？

おっかしいんさあ。あたしは嫁にきてずっと台所仕事をしてきたはずなんさあ。何十年にもなると思うんさ。なのに、最近、まな板の前で包丁を握っても、なにをしていいやら分かんなくなるんだよ。昔はこんなことなんかなかったのにねえ。歳をとると、こうなるんかねえ。

「この白いんはなんだい？」

「年子さんなあ、そりゃあカブだい。たけっしゃんが畑から引っこ抜いてきたんだがな」

「カブかい。どうやって食うんだい？」

「薄く切って塩もみにでもすりゃあ、うまかんべえ。煮てもいいけどね」

好きな形に切りなよ

「じゃあ、あたしが切るよ」

「ああ、そりゃあいいやい。切んな切んな」


「ダメだよ。ここに立ってると腰が痛くって」

「だったら、イスに座って食卓にまな板置いて切りゃあよかんべえ」

「ほんとだ。これなら腰が痛かあねえよ」

「そりゃあ、よかったいなあ」

「でもさ、だんだんと頭ん中がこのカブみてえに白くなってさ。どうしていいか分かんねえんさ」

「なあに、分かんなくねえやい。年子さんなあ。その切り方でいいんだい。乱切りっつってなあ、どれもそろってねえんが、かえって格好がいいんだいなあ」

「そうかい。こんなんでいいんかねえ」

　息子としゃべりながら台所仕事をしていると、だんだん楽しくなってきたから不思議だいねえ。

「怒り顔になったり、泣き顔になったり、笑い顔になったり。年子さんよお、忙しいね」

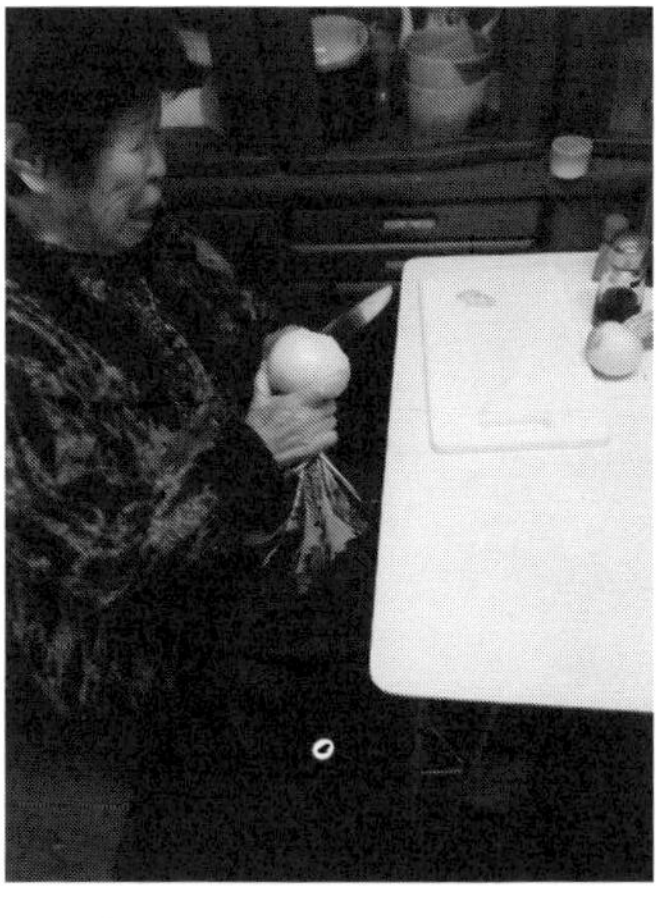
こう切ればいいんかい？

◉ジャガイモ焼くべぇ

　バラックにジャガイモがいっぺえ転がってるんだい。おれが畑からとってきたやつさ。どうにかして食わなけりゃあ、腐っちまわい。

「包丁がねえっきゃあ？　ジャガイモがこんなにあるんだから、焼くべえや」

「なんだい、たけっしゃんよお。自分で料理するんか？」

「いっぺえあるんだからよお、焼いて食うべえや」

「そうかい。ほれ、包丁があるぜ。このまな板の上で切りない」

「そうだいなあ。３つか４つ、切ってんべえ」

「普段やったことねんだから、指を切んねえようにしてくんない。でもよお、危なっかしい手つきだいなあ」

「焼くんはどうすんべえか。ああ、これに入れりゃあいいかなあ」

「その電子レンジでもいいけどよお。ふかすだけで焦げ目がつかねえやい。それじゃあ、ものたんねえから、こっちの魚焼きグリルに入れべえ」

「こん中で焼けるんか？」

「ああ。中火で10分ぐれえ焼きゃあ、なんとかなるだんべえ」

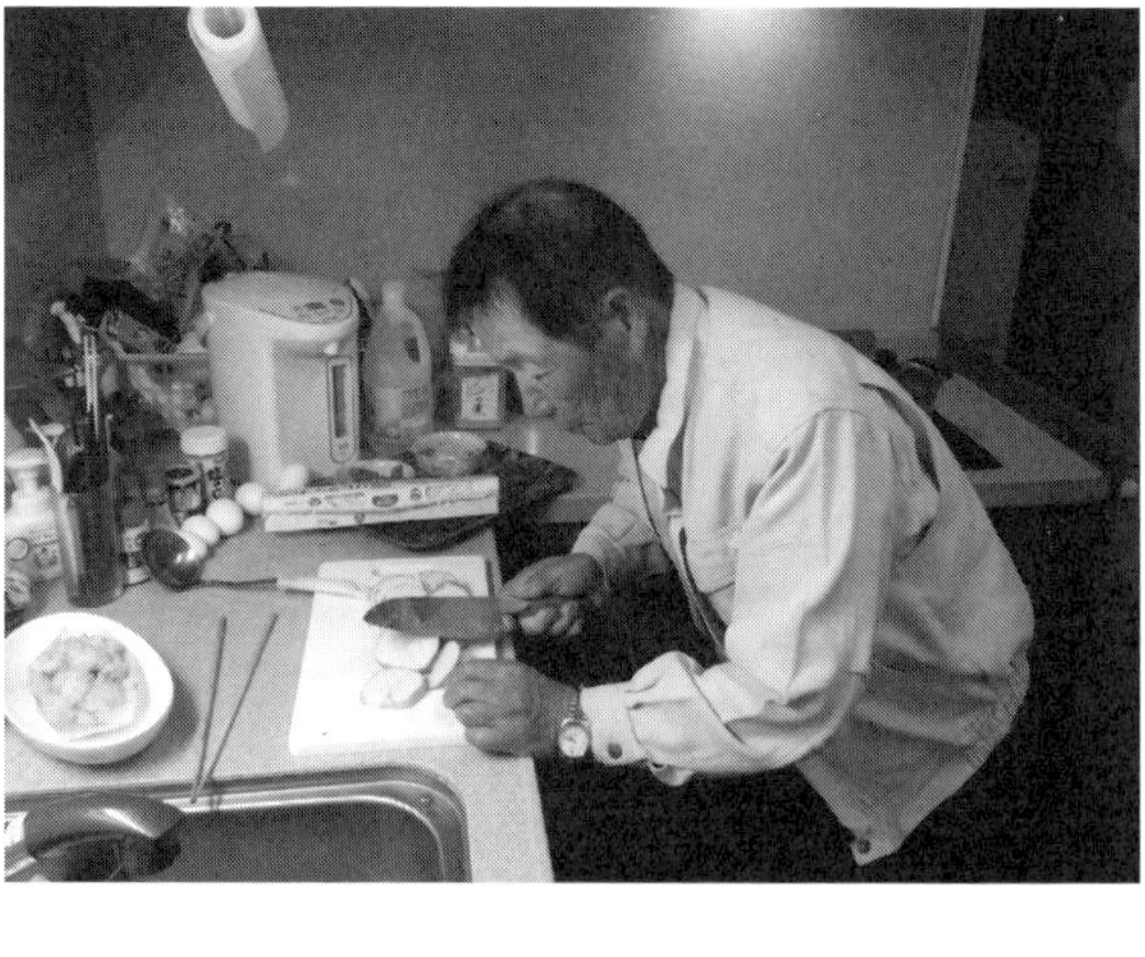

ジャガイモを切るべぇ

息子がそう言うから、10分ぐれえ焼いてみたんさ。

「まだ、こえ゙えやい。もうちっと焼くべえ」

「じゃあ、あと5分かあ」

それでもまだダメだい。もう3分ぐれえ焼くべえ。

「おお、やっこくなったい。ちっと、あれをかけべえ。ほれ、あれだい、あれ。しょっぺえやつさ」

「塩かあ?」

「そうだ。塩だい。うん、こりゃあうんめえや。皮ごと食えらあ。ほれ、おめえも食やあいいがな」

「ほんとだ。いい感じに焼けてるなあ」

「じきに、年子がけえってくらあ。食わせべえ。喜ぶだんべなあ」

「やっぱりたけしゃんは、かみさんが好きなんだねえ。自分がつくったジャガイモを、自分の手で焼いて、年子さんに食わせようってんだからなあ」

おれとしてはそんなことでもねえけどなあ。まあ、うんめえもんは、みんなで食いてぇじゃねえかい。

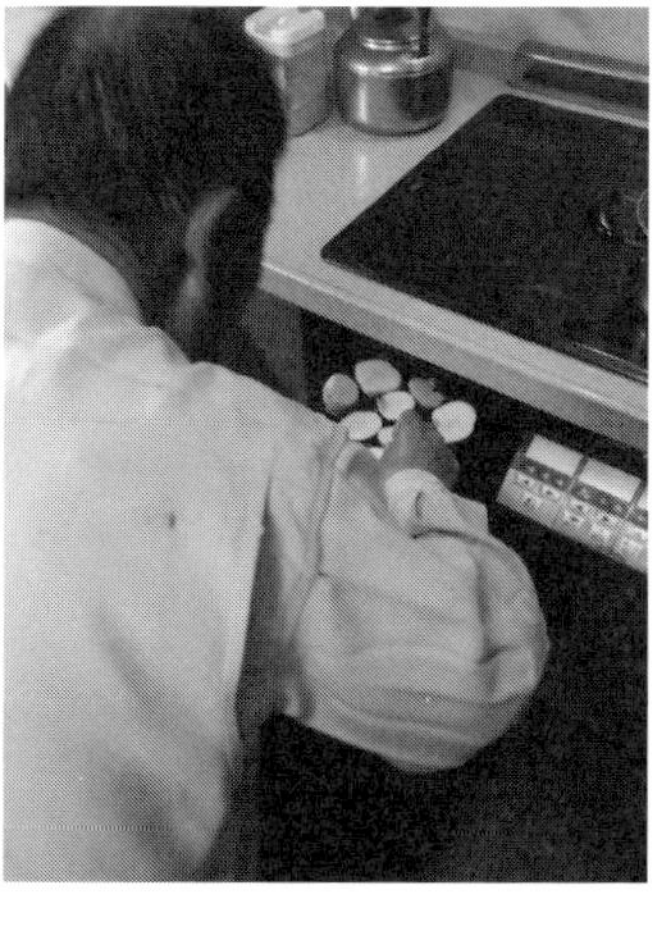
ここで焼けばいいやい

ん、こらあ、うんめえ

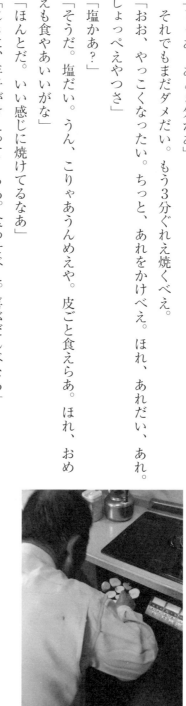

◉ゴミ袋に入れるな

「もしもし、おれだけどなあ。今っからきられねえっやあ?」

「今っからだあ?　朝行った時に言ったんべえ。今日は昼すぎっから大学の授業で、夕方5時半ぐれえでなきゃあ行げねえって」

「そうっきゃあ、忙しんきゃあ」

「ああ、今っから授業だい。何の用だい?」

「あれえ、つくったんだい。だからあすこに持ってぐべえと思ってなあ」

「『あれ』だの『あすこ』だの言われても分かんねえやい。何つくったんだい?」

「ほれ、台所で切って、焼いてよお」

「ジャガイモかあ?」

「それよ、それ。だから直売所に持ってってなあ、お客に食わせべえと思ってなあ。うんめえジャガイモだってよお」

「たけっしゃんが勝手細工で焼いたジャガイモなんざあ、食うやつがいるんきゃあ?　評判倒れになるだけだい。やめときなよ」

「そんなことあるもんか。やっこく焼けてらあ」

おれのジャガイモをみんなに食わせてえなあ

「とにかくおれは行げねえよ。あしたにすりゃあいいがな」

「そうっきゃあ。じゃあ誰かとっつかめえて行ってくるべえ」

なんだよ、息子のやろう直売所に行ぐぐれえちっとの間だい。手伝ってくれたっていいじゃねえっきゃあ。いっつも「忙しい、忙しい」ばっかり言いやがって。


「たけっしゃんよお。昼間言ってた焼いたジャガイモ、どうした?」

「晃子さんに電話してなあ、車に乗っけてもらって行ってきたい」

「やっぱり叔母さんとっつかめえたんか。それで直売所の人は受け取ったんきゃあ」

「それがよお。お客にゃあ食わせらんねえって決まりだとよ。ふたっ袋持ってったら、ひとつは職員が食うと。もうひとつは持ってけえってきた。今、お茶菓子にしてらあ」

「袋ってよお。たけっしゃん、こらあ火曜と金曜に燃えるゴミを出す袋じゃねえっきゃあ。こんなもんでジャガイモ持ってってったんかあ?」

「ああ。袋にあけえ字が書いてあってきれえだがな」

「赤い字ってなあ。『藤岡市可燃ゴミ指定袋』って書いてあるわなあ。職員さんもよく受け取ったなあ。きっとそのまま捨てたんべなあ」

焼きイモをごみ袋に入れるかよお

新しい袋に入れてったんだから、文句言われることはあるめえ。息子のやろう、なにを文句言ってんだか。

「おめえは文句べえ言うからなあ。ほれ、おれが昼すぎに焼いたやつだい。お茶いれてやるから食ってみないね」

「ジャガイモがうめえのまずいのっつう問題じゃあねんだい。まったくよお。まあ、夕方で腹減ってるし、ひと口食ってみるか。それにしてもクソッタレおやじがあ。ゴミ袋で持ってぎやがって」

「なにぶつぶつ言ってるんだやあ。黙って食えや」

まったく、めんどくせえ息子だいね。文句言いながら、食ってやがる。それにしちゃあ、よく食ってるなあ。皿が空になるがな。

「たしかになあ、うんめえ。たけっしゃんよお、なっからうんめえなあ、このジャガイモはよお」

ほれみろ。まあ、腹が減ってりゃあ、まずいものはあるめえ。

ジャガイモは、なっからうんめえやなあ

◉冷凍野菜はうまい

食べもんは冷蔵庫に入れれば、長持ちすらいなあ。おらあ、そう思うんだよ。だから、いろんなもんをしまえばいいがな。

「たけっしゃんなあ。あんたは冷凍庫にいろんな物を入れらいなあ。スイカ、ナス、豆腐、漬物、プリン……。食いっかけの目玉焼きまで入ってることがあらいなあ。なんでも凍らせるんかよ。この間はダシ巻き卵もだい。まあダシ巻き卵味のシャーベットも、おつなもんだがね」

「なんだやあ、ここへ入れちゃあいげねんか？」

「まあ、別にいいんじゃねんきゃあ。間違いねえのは、腐らねえってことだいなあ。後々、うんまく食えるかどうかは別にしてよう」

「そうかい。冷蔵庫のこの引き出しに入れると凍るんかあ。おらあ、初めて聞いたよ」

「まあ年子さんよりましだい。あらあ、おれが冷凍庫に入れといた冷凍食品を引っ張り出しちゃあ、食器棚の中に並べるからなあ。冷凍エビとかメンチカツなんかの冷凍食品をよお。こらあお手上げだい。何日かたって見つかるんだい。そしたら捨てるしかねえもんなあ」


そういやあ、さっき近所の人からキュウリをいっぺえもらったんだけど、どこに置いたっけなあ。おっかしいやいなあ。10本より多かったんだけどなあ。どこにいったんだんべ。

「冷凍庫の奥にキュウリがいっぺえ入ってらあ。たけっしゃんが入れたんだん

食いっかけの目玉焼きまで冷凍するかい

ダシ巻き卵のシャーベット仕立て

べえ？　冷蔵庫の一番下の野菜庫と間違えたんかあ？」

「そんなとこにあったんかあ。誰かにもらったんだけど、どこにしまったか分かんなくなってたんだい。ここは氷つくるところかあ。誰が入れたんだやあ？」

「たけっしゃんに決まってるがな。キュウリの冷凍ねえ。まさかたけっしゃんはそれがうめえと思ってやったんじゃあねえよな？」

息子が怒ってらい。なにを怒ってるんか分かんねえけどさ。

「よさそうなキュウリだから、捨てるのももったいねえなあ……。とりあえず1本取り出して、解凍してみるか。ほんとによお、困ったもんだい」

なんだか知らねえけど、コチコチのキュウリを1本食卓に放り出してらあ。20分ぐれえ待ってから、それを包丁で切り出したがな。

「おお、うんめえ。こらあいける。キュウリはスライスして冷凍するもんだっつうけど、丸ごと冷凍させてもうんめえ。たけっしゃん、こらあケガの功名だい。ちっと食ってみないね」

「ほんとだ。すべてえ（冷たい）けど、うんめえがな」

「せん切りキャベツとシャリシャリキュウリをごまドレッシングで和えたサラダにしてみるべえ。緑色だけじゃあ物足りねえなあ。ああ、そうだ。真っ赤なトマトや白い大根も混ぜてみるべえ。カラフルなサラダにならあ」

息子のきげんが直ってきたみてえだい。笑いながら、飯の支度をしてらあ。

凍らせりゃあいいやいねえ

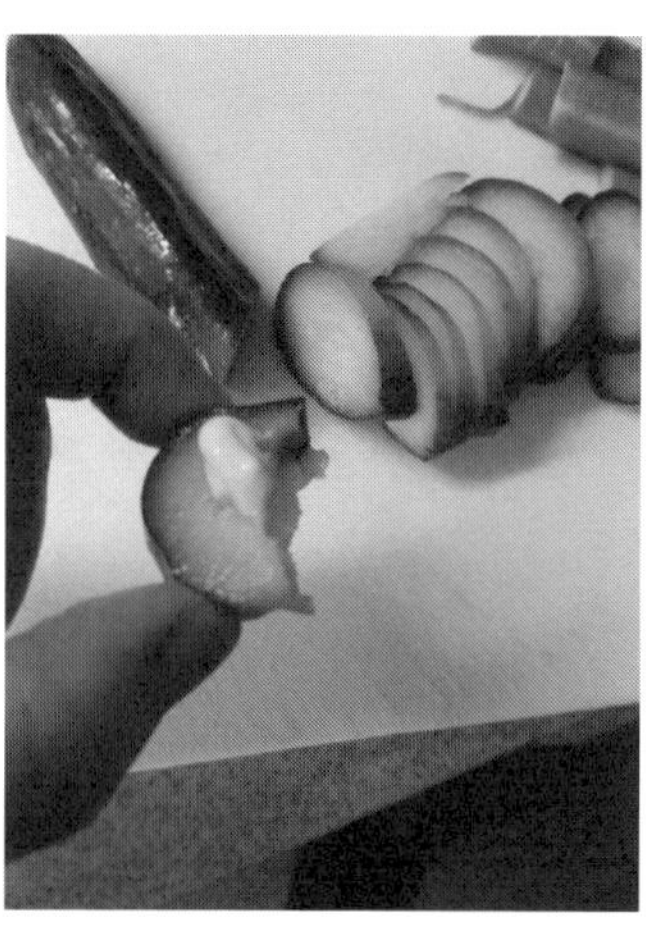
冷凍キュウリはいけるぞ

「今日のサラダはふたりで完食するんじゃねんかなあ。すべてえキュウリがうめえから。これなら、残りのキュウリも無駄にすることなく使えらあ」

◉菜っ葉とチョコレート

「畑で採ってきた青い菜っ葉なあ。なんつう名前か分かんねえけど、昼にくるおばさんにゆでてもらったんだい。きのう生でしょうゆかけて食ってもうんまくなかったけど、ゆでりゃあ食えらいなあ」

「ヘルパーさんに頼んだんか？　ゆでて、たけっしゃんが好きなごまドレッシングで和えてもらったみてえだな」

「でもなあ、もうひと味、足んねえやい。なんかかけねえとなあ。そうだい、これかけりゃあ、なっからうんまくなるだんべえ」

「料理の味つけに決まりなんかありゃあしねえやい。なんで味をつけたって、たけっしゃんがうまけりゃあ、それでいいやいねえ。でも、それはいっくらなんでもなあ……」

「なんだやあ。こらあ、ダメっきゃあ？」

「そりゃあ、チョコレートケーキだい。おとといあった葬式の引きもんだい。お茶でも飲みながら、それだけ食ったほうがうんめえんじゃあねんきゃあ」

これもまぜりゃあ、うんめえやい

「なんだあ？　お茶菓子かあ。ちっとかじったけど、甘くってうんめえやい。これえ細かくして菜っ葉にかけりゃあうんめえよ」

「そうっきゃあ。まあ、ゆでた菜っ葉が好きで、ごまドレッシングが好きで、甘いチョコレートケーキも好きなんだから、いいだんべえ。止めねえからやってみない」

「へえ？　合わねんきゃあ。おらあうんめえと思うんだけどよお」

◉異な光景が

「おい、年子よお。昼飯食うべえや」

「そうするかねえ。朝きてた克彦がお昼ご飯のおかずをつくってってくれたんだから」

「飯は釜にあるけど、みそ汁の鍋がねえやい」

「たけっしゃん、コンロの奥に鍋があるがね。いつもの鍋と違うけど、それじゃねんかい？」

「そうだんべえ。これあったためて飲みゃあいいやい。ここにコップがあらい。これに注いで飲むべえ」

油はみそ汁じゃあねえよ

「あれえ?　たけっしゃん。このお汁は変な味がするよ」

「そうだいなあ。変な味っつうか、味がしねえやい」

「そうだよね。このお汁、どうすべえ」

「どうすべえったって、どうしようもねえやい。克彦の野郎、まじいみそ汁つくっていぎやがって、しょうがねえやいなあ」

「まあ、ご飯とおかずはあるんだから、これを食べりゃあいいがね」

「ああ、そうすべえ」

こんなんだからよお。夕方きてくれた息子に文句言ってやったんだい。みそ汁がえれえまずかったってなあ。

息子のやろう、コンロの鍋をじっと見てらあ。反省してるんだんべ。いつも親を相手に偉そうに文句言ってるから、ちったあ薬になるっつうもんさ。

「たけっしゃんなあ。この鍋は揚げ物用の油が入ってるやつだい。お玉をつっこんであるけど、これをみそ汁と勘違いしたんかあ」

「なにい?　油だと?」

「ああ、そうだい。それに、薬を飲むコップに茶色の水が入ってるなあ。こらあ、サラダ油じゃねえっきゃあ。揚げ物用のサラダ油を飲んだって、うまかあないやねえ」

「そうかあ。うんまかあねえ汁だと思ったい」

油を飲んだって味がしねえさ

「火事にならなくてよかったいなあ。危ねえ、危ねえ。揚げ物用の鍋は、いつもコンロ下の引き出しの中にしまってるんだけど、ゆうべおれが揚げ物して、そのまましまってなかったんだい。こりゃあ、ぬかったなあ。それにしても、油を飲むとはねえ。あんたたちは、妖怪『油すまし』夫婦かあ?」

◉サラダとしては

「あれえ切るべえ。包丁がねえっきゃあ」

「あれだとお? なに切るんだい?」

「直売所で買ってきたんだい。これだよ」

「カブかあ。煮るんかあ? 漬けるんかあ? みそ汁にでも入れるんかあ? もうすぐ晩飯だい」

「みんなでお茶飲むんにお茶菓子がねえやい。これえ切って食うべえ」

「カブをそのままお茶菓子ねえ。漬物なら分かるけどなあ。生のまんまじゃあなあ」

「なんでもいいやい。かじりゃあいいいんだい」

「まあ、大根やニンジンなんかの生野菜のスティックサラダもうんめえからなあ。それとおんなじかあ」

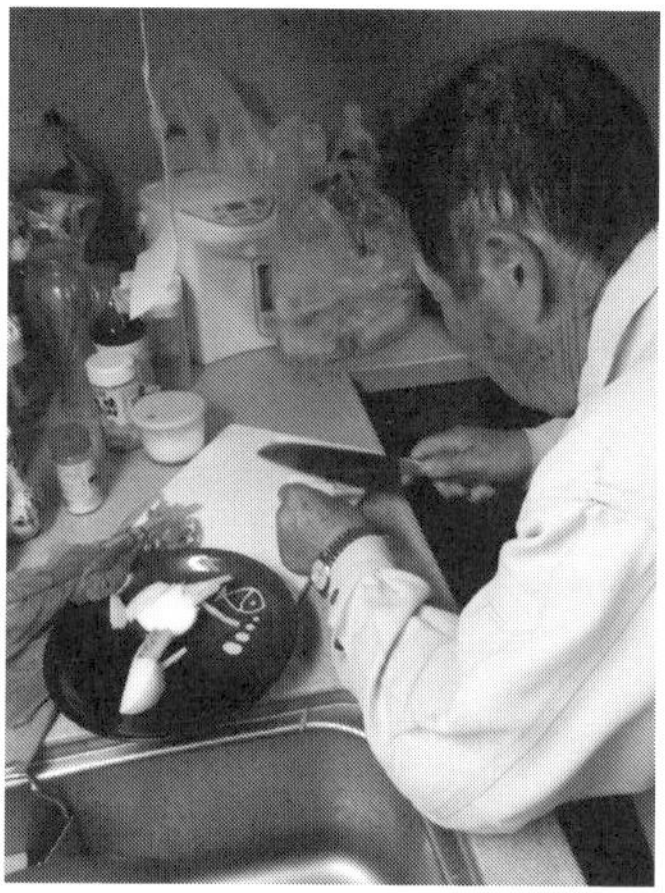

カブを切ってお茶菓子にすべえ

「なんだあ、その『ステッキなんとか』っつうんは」

息子は、らっとんべだけど料理がうまいって自慢なんだ。だから、ハイカラな名前を言うんだよ。「ステッキなんとか」って言われたって、分かんねえやねえ。

「小カブを4つ切りして皿に盛ったんか。皮もむかずにそのままっきゃあ。まあ、好きにしてくんない」

「皮むかなきゃ、いげねんかい」

「そんなこたあねえよ。カブも大根もニンジンも、本当は皮をむく必要もねえさ。よく洗ってから切って料理すればいいだけだい。皮も食えるんだから、それをむいて捨てるなんざあ、野菜様に申し訳ねえやいなあ」

「あれ、叔母さん。なにを取りにきたの？」

「義兄さんが、塩を持ってきてくれって。カブにかけるんだって」

「叔母さん、たけっしゃんが急に思いついて切ったカブだから食べなくっていいがね。まあ生野菜だから食べても大丈夫だけどさ」

「でも、お漬物がお茶菓子になるんだから、生のカブだって塩をふればいいんじゃないかって言うんさ」

「『必殺料理人たけっしゃん』のひとり旅は続くってところだいねえ」

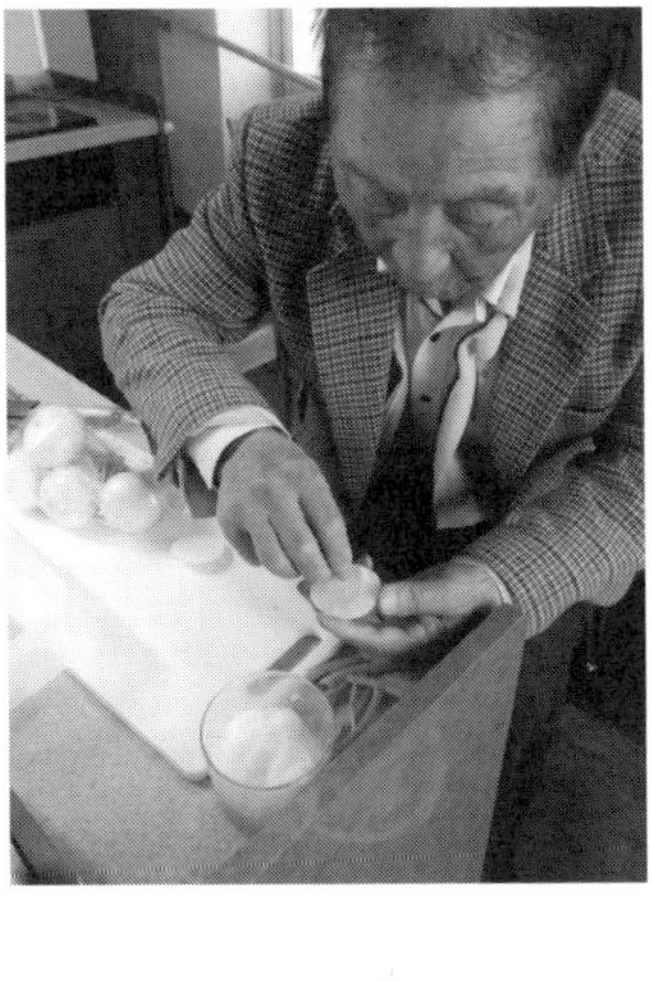
ちょっと塩を振るかなぁ

カブはうんめえよ

◉生の白菜だんべえ

畑に植えた白菜が、ずいぶんでっかくなったい。

「もう食えるだんべと思って、いくつかとってきたんさ。塩漬けにすんべえ」

「ああ。たけっしゃんがつくったカブとキュウリの塩もみが終わったから、ちょうどいいやいねえ」

「どのぐれえ塩入れりゃあ、いんだんべなあ」

「おらあ漬物のこたあ、分かんねえやい。適当にやってくんない」

「そうかや」

たしか、でっけえ樽みてえなもんに漬けるんだいなあ。ああ、この引き出しの中にちょっと小せえけどちょうどいいのがあらあ。こん中に白菜を置いて塩をふりゃあよかんべえ。

「白菜に塩をふったから、あとは鍋のフタをかぶせときゃあ、いいやい」

「なんだよ、たけっしゃん。でっけえサラダボウルに白菜詰め込んだなあ。一応は塩をふったんか。漬物ってのは、しょっぺえ漬け汁にひたすんじゃあねんきゃあ？　これで漬物になったら『超魔術』だいなあ」

息子のやつ、ほめてんのかけなしてんのか分からねえなあ。まあいいやい。

白菜が漬かってねえ？　塩を振りゃあいい

あしたになったら食ってみりゃあ分からいねえ。

そういやあ、きのう白菜の塩漬けをつくったっけなあ。うんまくできてるかなあ。

ちょうどいいやい。息子がきたから、食ってみるべえ。

「おめえなあ。白菜を切ってかじってみたけど、なんにも味がしねえんだい」

「どれどれ。ひとっ切れよこしてみない」

「ほれ、食ってみろや」

「こらあ生の白菜じゃあねえっきゃあ。どこが漬物なんだいね。まあ、白菜の味はすらあねえ」

「これに塩かけりゃあ、いんじゃねえきゃあ」

「どうとでも好きなようにやりない。まあ、畑からとったばかりの新鮮な白菜だからなあ、ちょっと塩をふれば、まずいはずがないやねえ。このまま冷蔵庫にしまって、あしたの汁に入れたり、炒め物にしたり。なんとでも使えるからいいがね」

おれの白菜で息子は鍋にしたいなぁ

◉自動記憶再生装置

「ゆうべの鍋の汁になあ。飯を入れるとうんめえやなあ」

「たけっしゃんが、鍋の残りでおじやをつくって食べたいって言うんさ。だから、好きにさせてるんさ」

「朝っぱらからふたりで仲良く料理っきゃあ？　朝飯のおかずはゆうべつくっといたがな」

「いやなに、たまにゃあ、おじやでもつくって食うべえと思ってなあ。ほれ、ゆうべおめえが鍋をつくったがな。汁が残ってらい。捨てちゃあ、もってえねえしなあ」

「たけっしゃんがそう言うんだからいいやね。あんたがつくってった朝用のおかずもみそ汁もあるけど、お昼ご飯に回せばいいやいねえ」

そんなんで、ゆうべの鍋の汁に、ご飯をぶっこんだんさあ。

「うんめえやなあ。おれが子どもの頃は戦争中だから、ぜいたくはできなかったい。こんなおじやか、うどんを食ってたいなあ。まだ、茅葺きの家の頃だい。人が住む母屋なんに、二階でお蚕を飼っててなあ。『お蚕様（おこさま）』っつってなあ、人より大事だったんだい」

おじやをつくるべえ

「たけっしゃんなあ。おれが子どもの頃だって、二階で蚕を飼ってたがな。たけっしゃんのおっかさんが、『おっきりこみ』をつくってなあ。あの煮込みうどんがうんまかったい。おれは楽しみにしてたんだい」

「あと、すき焼きの後で、やっぱり飯入れてよお。すき焼きったって牛肉は高くて食えねんだい。いっつも豚肉さあ。それでも、残った汁にからめながら炒めるみてえにして食ったんがよかったなあ。ベトベトの焼きめしっつうところだけど。妙にうんまかったい。今つくったんも、それに似てらいなあ」

「たけっしゃんなあ。料理したり、飯食ったりしてると、昔のことを思い出すだんべえ。ふたりの若い頃や子どもの頃のことをよお」

「ああ、そうだい。おもしれえやなあ、なんでそんな昔のことを思い出すんだんべえなあ」

そうなんだい。飯を食ってると、時たま若い頃のことが頭に浮かんでくるんだい。このところ、いろんなことを忘れるばっかりなんだけど、いやにはっきり浮かんでくるんだい。息子が感心してるから、昔ほんとにあったことなんだんべ。

食いもんの話はいいけどよお。ところで今、何時ぐれえなんかなあ。朝飯食ったら、畑に行がなくちゃならねえし。時計を見てみるか。

伝統食「おっきりこみ」はもっと雑だったかな

「あれえ。朝の2時半すぎなんに、なっから明りいやいなあ」

「なんだあ？　2時半だとお？　ばかあ言うない」

「おめえこそ、寝ぼけてらあ。ほれ、おれの腕時計を見てみろい。2時半だがね」

「たけっしゃんよお。腕時計を逆さまにつけてるがな。今は8時すぎだい。せっかく若い頃の気分になったんになあ。もってえねえ。やっぱりおれの目の前にいるんは、80半ばの、すっとぼけた年寄りじゃあねえかい。料理の記憶再生効果で、頭の中がスッキリしたと思ったのによお。それも一瞬かあ」

2時半なんに、明かりいやなあ

5　宝探し

◉包丁がねえ、急須がねえ……

　息子がきちゃあ、「あれがねえ」「これもねえ」「どこに隠したんだやあ？」ってブツブツ言うんだよ。聞きゃあ、包丁だの鍋だの油だのしょうゆだのって、まいんち使うもんべえだがね。そんなもんをあたしが隠す訳がねえもの。息子は子どもの頃から片づけっことが苦手だったからねえ。いい大人になっても、なくしものばっかりだい。どうしようもないやねえ。

「でっけえお盆が見当たらねえ。どうせ年子さんがどっかにしまったんだんべえ。どこへ隠したんだやあ？」

「お盆？　あたしは知らないよ」

畑に包丁を置きっぱなしにするなあ

「まあ、いいやい。中古品を店で買ってくらあ。何百円もしねえから」

それっからふた月もすぎたかねえ。台所の隅のほうの、普段はほとんど開けない引き出しを、あたしが引っ張って開けたら、中にお盆があるじゃないか。

「こんなところにお盆をしまったんは誰だい？　たけっしゃんじゃあねえんかいね。まったく困らいねえ」

「たけっしゃんじゃあねえだんべえ。年子さんじゃあねんきゃあ？」

「あたしじゃないさ。そういやあ、あんたはさっき『包丁がねえ』って怒ってたじゃないかい」

「あらあ、たけっしゃんだい。さっき大根畑で2本拾ってきた。畑に包丁を持って行って、大根の葉を切り落とすんだいなあ。それで、そのまま置いてくるんさ。困ったもんだい」


たまには、あたしがお茶でもいれてやろうと思ってさ。急須と茶碗をそろえようとしたら、急須のフタだけが見当たらないんさ。

「急須のフタがないんだよ。また、たけっしゃんの仕業かねえ？」

「いいがな、年子さん。フタがなくたってお茶はいれられるよ。誰かお客さんがきたら、ちょっと格好悪いけどよお」

「そりゃあ、あんた。みっともねえよ」

自転車でお茶をいれるんかぁ

「いいがな。そのうち出てくるだんべえ。しばらくはフタなしでいいがな」

そんなもんかねえ。男の子は見てくれなんかどうでもいいんかねえ。あたしは恥ずかしいけどね。


それでも、息子にしてもフタなしはまずいと思ったんだろうね。一週間もしないうちに、お店で急須を買ってきたんさ。

「やっぱりホームセンターに行って買ってみたよ。700円だった。フタなしの古い急須は引き出しの奥にしまっとくべえ。また使わなきゃあなんねえ時があるだろうし」


でもさ、いくんちかたったら、また急須がないんだよ。

だから、いったんはしまった古い急須を出してお茶をいれたんさ、息子が。

居間や台所を探し回ったけど、どこにもなかったんだってさ。

翌日、たけっしゃんが使っている自転車の荷台のカゴを見た息子が怒鳴ってるのが聞こえたんさ。

「クソッタレがあ。どうしてこんなところに急須を置くんだあ！　お茶っ葉までへえってらあ。まさかここでお茶を飲んだ訳でもあるめえし」

やっぱり、犯人はたけっしゃんだったみてえだい。

そういやあ、さっき見つけたんだけど、寝床の隅に、丼に入ったうどんが

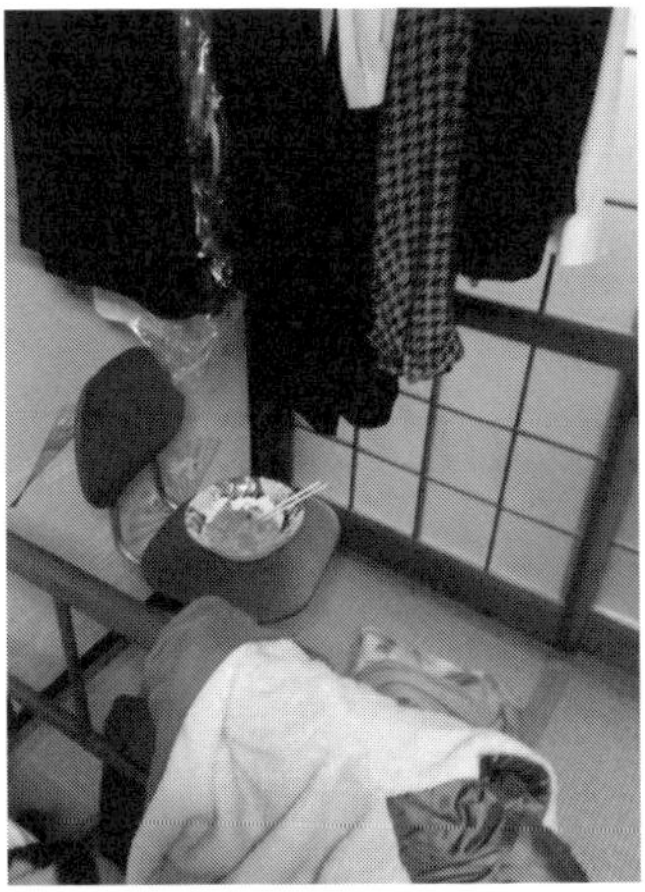

干からびたうどんなんか、見つけたくねえ

あったんさあ。あれも一体誰が置いたんだろうねえ。

　あれ、息子がなんか大声出してるよ。

「ちきしょう。１週間前に冷やしうどんをつくってやった丼が見つからねえと思ってたら、こんなとこにあったじゃあねえかい。それも、干からびたうどん入りだい。年子さんだんべえ……」

◉なくなったんは「あのへんだい」

「たけっしゃんよお。この暑い中、自転車に乗って直売所まで買い物に行ったんかあ？　何買ったんだやあ。ちっと財布見せてみない」

「スイカと、あとなんか買ってきたんだい」

「あれえ？　けさ見たら４０００円入ってただけだから、１００００円足して、１４０００円にしといたんに、９０００円きしゃねえがな。スイカとなにか買ったって５０００円にゃあならねえだんべ」

「そうっきゃあ」

「レシート見ると、スイカとなんかの野菜と、高菜まんじゅうのふたつ入りパックを買ってるなあ。これで１１００円だい。あと４０００円はなにを買っ

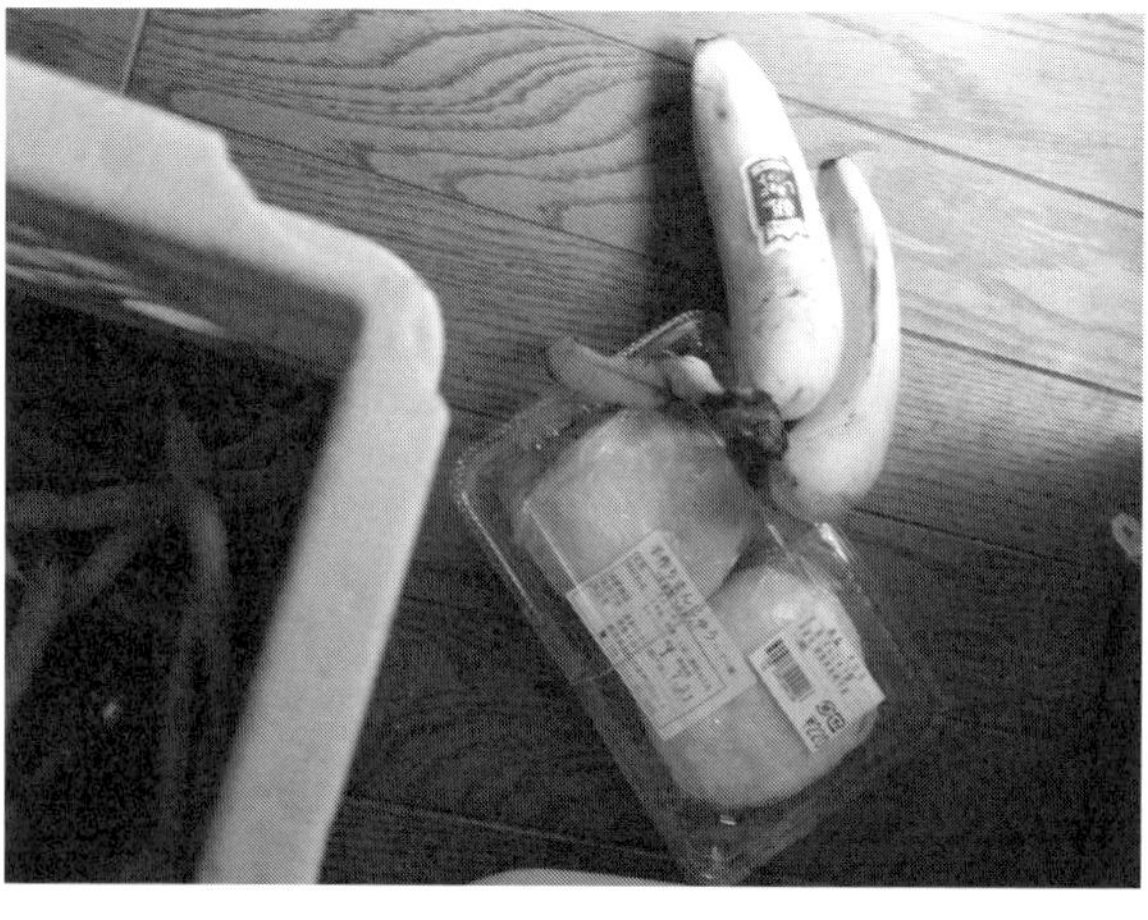

バナナもまんじゅうもどうするんだい

たんだやあ。第一、買った品物がどこにもねえやい」

「それだい。スイカもまんじゅうも、けえってきたらどこにもねんだい。どこに置いてきたんだんべなあ」

「金だけ払って直売所に忘れてきたんじゃあねんきゃあ。それか、途中で落っことしたかもしんねえぜ」

「あのへんに置いたかもしんねえなあ」

「『あのへん』ってのは、どのへんだい？」

「ほれ、そのへんだがな」

「『あの』だの『その』だの、言ってることがサッパリ分かんねえやい。まあ、レシートがあるんだから直売所で金払ったんは間違いねえやいなあ。泥棒したんじゃねえからいいやい、品物がなくてもよお」

「そうだ、除草剤も買ったんだい」

「そうかい。それなら買い物に5000円かかっても不思議じゃあねえやいなあ」

「そうだんべえ？」

「だけど、その除草剤どこに置いたんだやあ？」

「ほれ、あのへんだい」

「また『あのへん』きゃあ」

木陰でスイカを冷やしたんか

だけど、おっかしいやいなあ。おれが買ってきたもんは、いったいどこへ消えたんだんべなあ。

次の日になったら、息子がまた台所で怒鳴ってらあ。

「たけっしゃんよお、見てみない。この隅にある野菜カゴの奥に、高菜まんじゅうとバナナが入ってらあ。それによお。坪庭の木陰にスイカが転がってたぜえ。こんなことだろうと思ったい。まんじゅうは捨てるけど、バナナとスイカは大丈夫だんべえ。それにしてもたけっしゃんよお。なんでこんなとこに置いたんだやあ?」

「誰がそんなとこに置いたんだい。まったく、しょうがねえやいなあ」

居間のゴミ箱を畑に持ってぐな

◉また「包丁がねえ」

息子がおれを医者に連れてってくれた帰りに、思いついたんさ。

「メロンをよお、買ってぐべえ」

「帰り道にスーパーがあるから、買やあいいやい」

「ついでにな、あれえ買うべえ」

「あれってなんだ?」

「ほれ。あした年子の友達が遊びにくるっつってたがな。だから、あれだい。あめえやつよ」

「お茶菓子かあ。そうだいなあ。なんか買えばいいやいねえ」


それでなあ。でっけえメロンを切って冷蔵庫に入れようと思ったんだい。そしたら、台所に包丁がないんさ。

「たけっしゃん、また包丁がねえやい。ゆうべおれが帰る時には2本あったのに。どこへ持ってったんだやあ」

「おらあ、どこへも持ってがねえやい。年子じゃあねんきゃあ」

「どっちが犯人でもいいやい。とにかく探してんべえ。こないだは畑の脇にあったい。そこまで行ぐんは面倒だから、家の周りから探すべえ」


息子のやつ、台所の戸棚とか引き出しを探してるんだけど、出てきねえやいねえ。

「また年子さんのやつ、どこにしまったんべなあ。いつもはこのあたりで出てくるんだい。こないだは、冷凍庫に入れといたハムカツが『解凍しきって』戸棚にあったしなあ。あらあ、すぐに捨てたけど」

「そういやあ、ゆうべ、おめえが帰った後でな、梨をむくんで、年子が包丁使ってたぜえ」

年子さんは戸棚にいろんなものを隠すからなぁ

「そうっきゃあ。じゃあ探してみるか」

おれもあっちこっち見たけど、見つかんねえ。

「もしかしたら、寝床の隣の物置じゃねえかあ？　ふたりが使う紙パンツなんかが置いてあるところよ」

「そんなとこにあるんかなあ」

「あった。ここにある紙パンツの袋の下に、1本あったがな。でも、もう1本は出てきねえやい。まあ、いいよ。そのうち考えもしなかったところから出てくるんだからよお。探し始めてから2時間近くたってるぜ。また、無駄な時間を使っちまった。毎度毎度、宝探しも疲れらいなあ。なんとかしてくれよ！」

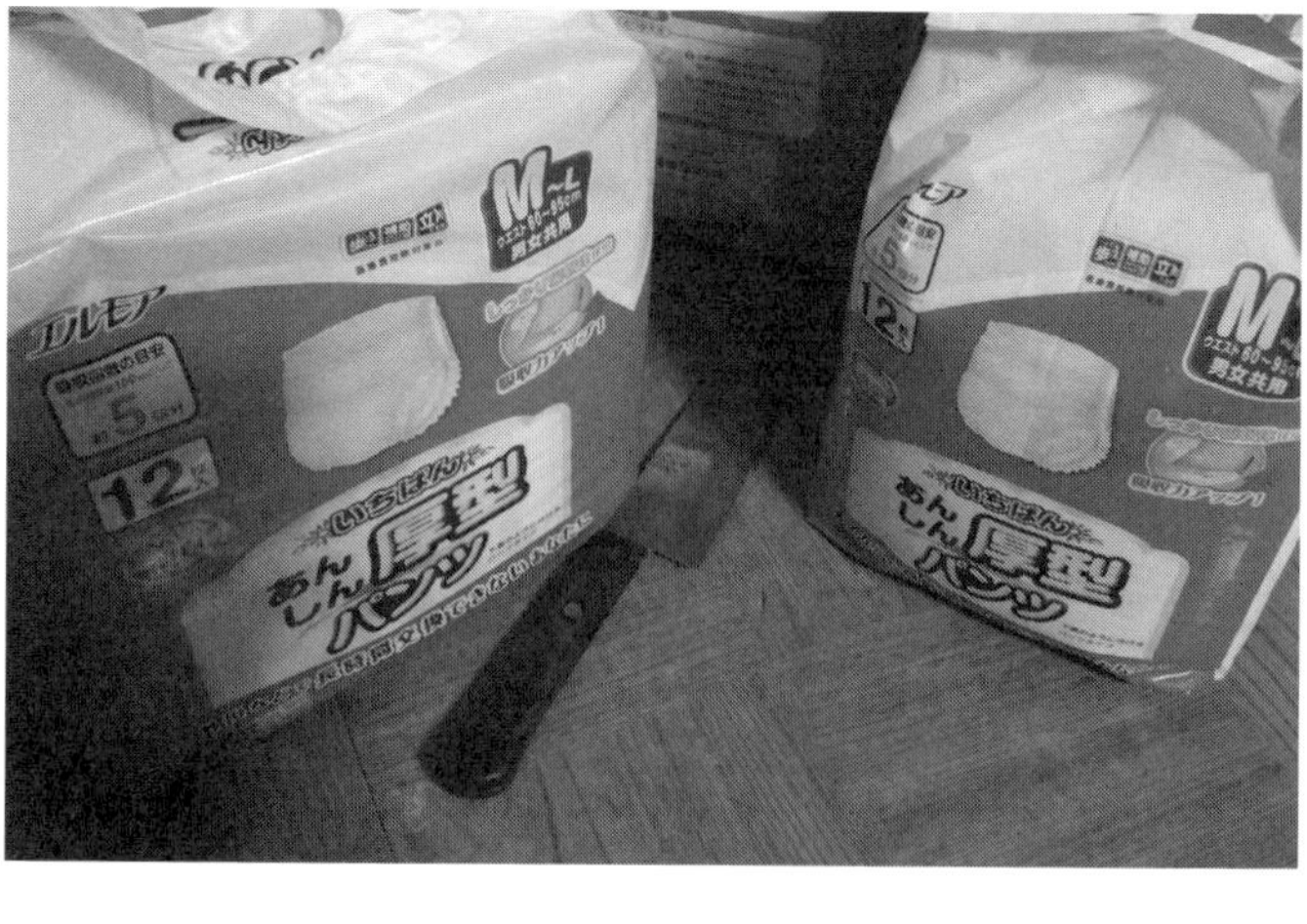

紙パンツの下に隠すかあ？

6　本音

◉乱暴な息子

だってさあ。あたしは腰が痛くってしょうがないんだよ。寝床から隣の部屋のこたつのとこまで行ぐんに、おおごとなんだからさ。

それなんに、息子のやつ「起きねえと、腰が痛いのが治らねえやい。無理しても起きない！」なんて言うんさ。まったく、歳はとりたくねえもんだ。ずっと昔は、あたしのほうが、小学生の息子を寝床から引っ張りだしてたんにさ。

「腰が痛くってしょうがねえ。今日はどこへも行がねえよ。お昼まで寝てるから」

「そうっきゃあ。まあいいやい。あと20分もすりゃあ、どんぐりの木の人がむけえにくらい」

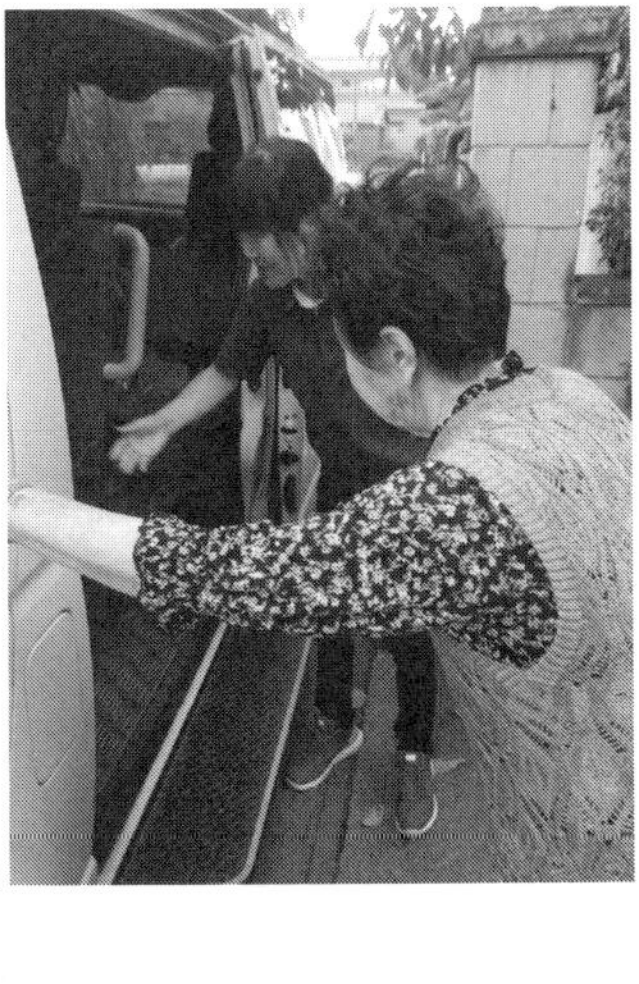

素直に迎えの車に乗りな

「なんでむけえにくるんさ。あたしは行がないよ」

「いいやい。そろそろベッドから降りて、みそ汁の一杯も飲んだほうがいいやいねえ。薬もよお。どんぐりを断るんは、半年前に言わねえとダメだとよ」

「ほんとかいねえ?」

「そういう決まりだとよ」

「早く起きろだあ、どんぐりに行げだあ、薬飲めだあ、口やかましいやねえ、あんたは」


こないだテレビのドラマでやってたよ。病気の母親に息子が「お母さん、そんなこと言わずに、ご飯食べて、薬飲んで、散歩に行こうよ。お母さんのためなんだから」なんてやさしく言ってたよお。うちの息子もそのぐれえのやさしい口がきけねんかいねえ。

だいたい、世間じゃあ、息子は母親を「母さん」とか呼ぶじゃないか。うちの息子ときたら「年子さん」だなんて、他人呼ばわりさ。父親のことも「父さん」じゃなくて「たけっしゃん」だもんねえ。

「昼飯と晩飯はよく食ってるから、朝はなにも食わねえったっていいやい。薬も飲みたくなきゃあ、飲まねえでいいやい。年子さんの病気が治るんが遅れるだけだい。おらあ、どっちでもいいやい」

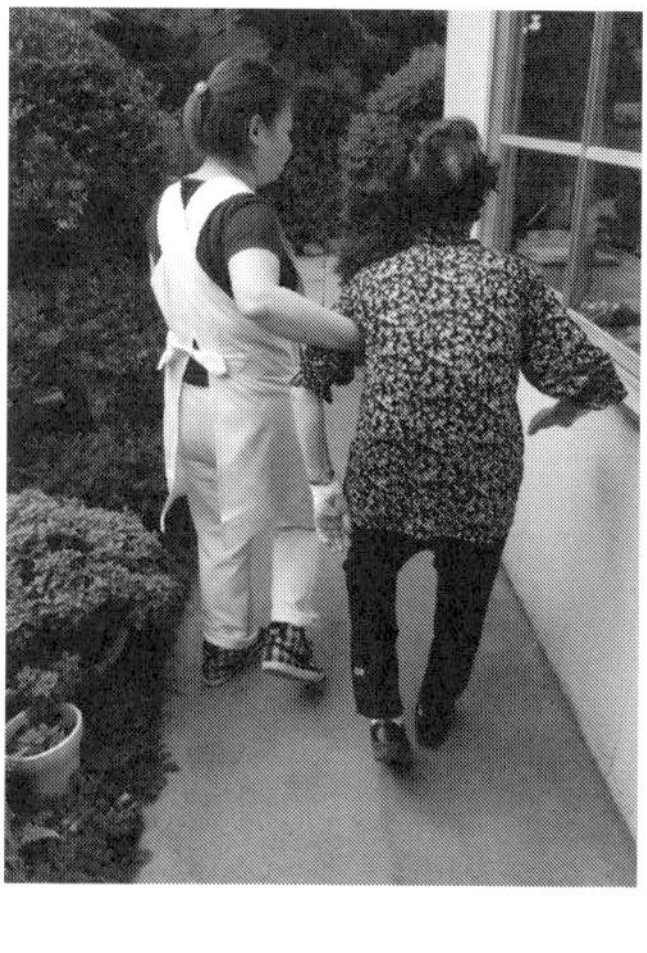
年子さん。さあ行きますよ

「なんだい。あんたは親に冷てえねえ。口やかましいことべえ言うんだから。もうちっとやさしくなれねえもんかねえ」

「まいんちきてるんに、やかましいだとお？　その言い草はなかんべえ。バカタレがあ」

あれえ、息子のやつ「バカタレ」だってよ。あたしはこんな乱暴な息子に育てたつもりはないんだけどね。


「けさは年子さんだけじゃなくって、たけっしゃんもどんぐりに行ぐんだい。湯に入るから、着替えはその袋に入れてあらあ」

「なんだい、おれも行ぐんかい。そうしょっちゅう行ぐんじゃあ、畑仕事になんねえやい」

「なに言ってんだよ。畑仕事なんざあ、ろくにねえくせによお」

「そう言やあ、そうだけどな。ヘッヘッへ。まあ、若い娘さんが世話してくれるから、いい気分だけどなあ」

「そうだんべえ。たけっしゃんや年子さんから見りゃあ、どんぐりの職員さんたちは、みんな自分の娘より若いぐれえだいなあ」

「ああ、みんな気立てがよくって親切だい」

いやだよお。たけっしゃんはニコニコしてらあ。若い女の人に親切にしても

たけっしゃんはうれしそうだい

らうんが、よっぽどうれしいんだろうねえ。夫婦だからって、こんなのと一緒に行ぎたかあないやねえ。

「あれえ、たけっしゃんも行ぐんかい？　夫婦そろって行ぐなんて、世間体がわりいやねえ。あたしゃあ、いやだよ」

「分かった、分かった。とにかく車に乗りない。いつも家の中じゃあケンカべえやってんだから、外に出る時ぐれえ仲良く手えつないで行ってきないね！」

ふたり笑顔でデイサービスへ

◉火の用心

あたしはね。夜中に炊飯器やテレビの小さなランプがついているのが怖いんさ。台所の電気コンロもそうさ。火がついてないからって、電気なんだから、火花が散ることだってあるんじゃないの？

だから、夜寝る前に、そんなもののコードを引っこ抜いちまうんさ。コンセントから抜いとけば、安心だもの。

それなんに、息子ったら「コードを勝手に抜けねえように」って、コンセントを固い箱で包んじまったんさ。電気屋さんに頼んでね。炊飯器とかテレビとか暖房の機械も、いろんなスイッチを押して、小さなランプが消えると安心なんに、それができねえように細工してるんさ。なんのつもりなんだろうねえ。

なんで、そんなに気になるかって？　それはね。家から火が出て燃えてる夢をよく見るんさ。「あー」って言って目が覚めるんだけど。汗をかいてるんだよ。どうしてそんな夢を見るんだろうねえ。そういやあ、あたしの夢にはやたらと火が出てくるんさ。

　台所でご飯をつくっている息子なんか、天ぷら鍋をコンロにかけたまんま、庭の物置に行ったりするんだよ。あたしゃ、気が気じゃないからコンロを消すと、「料理中だがな。油が冷めるじゃあねえかい」って怒るんだよ。火の用心なんだから、怒るこたあないやねえ。

「おかしいんさあ。お茶を入れようと思ってなあ、急須にお茶っ葉をいれて、ポットのボタンを押したんだよ。でも、お湯が出てきねえんだい」

　ポットのふたを開けて中を見てみるべえ。ああ、ダメだい。こりゃあ水だがなあ。いつもは、ここにお湯が入ってるのに、けさはどうしたんだんべえ。

「たけっしゃん、ダメだい。ポットにコードがつながってねえやい。それじゃあ、電気が通ってねえから、お湯はわかねえよ。いつもいつも年子さんがコードを抜いちゃあどっかにしまい込んでるがな。どっか引き出しの中にでもねえんきゃあ？」

「どこにもねえやい。おっかしいやなあ」

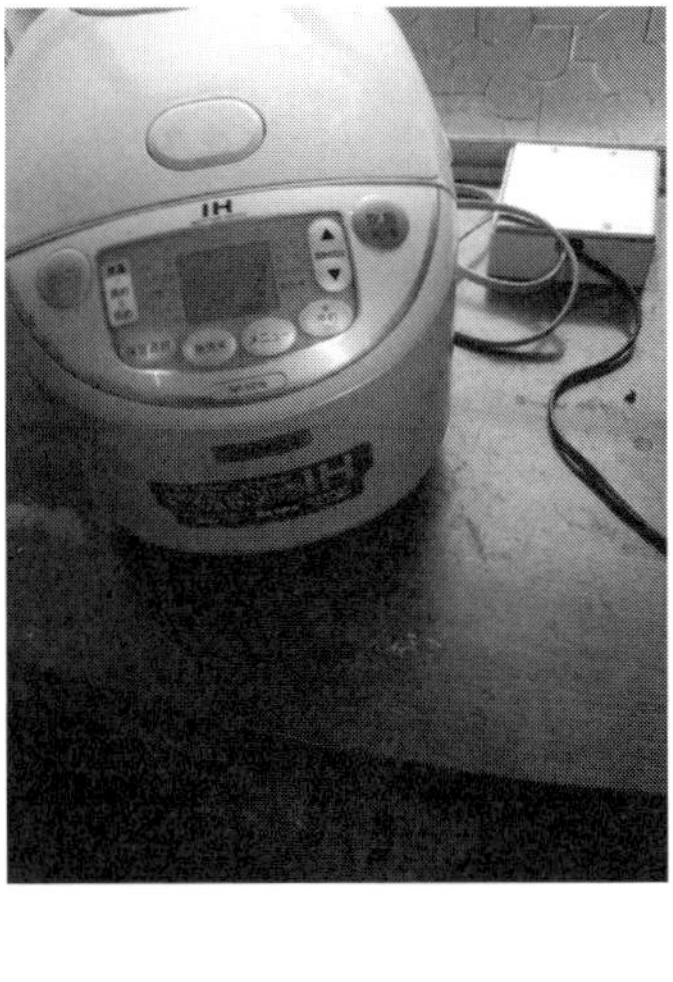

炊飯器のコンセントを引き抜けないように

「年子さんは、なんでもコンセントからコードを引っこ抜くじゃあねえかい。こたつも、ストーブも、炊飯器も。こないだは、おれが帰る前に回し始めた洗濯機のコードも抜いたがな。おれがいねえ時に、なんでもかんでも引っこ抜くんだい」

「そうだいなあ。前に、暖房のコードを抜けっつうから、おれがイスに登って、高いところにあるやつを抜いたんだい」

「そうだったいなあ。だから炊飯器のところやエアコンのところ、それにテレビのところを、電気屋さんに頼んでさあ。コンセントを固い箱でふたをするみてえにおおってもらったんだい。年子さんが勝手に引っこ抜けねえようにさ」

「ああ、それで、あんな箱があるんか」

「ポットのコードも、どうせどっかから出てくるだんべえ。この家の中からよお。電気ポットはもうひとつあるから大丈夫だい」

でもなあ、いつになってもコードは出てきやしねえんだ。

そのうち息子がコードだけ買ってきたんさ。今は便利だいなあ。ポットも一緒に買わなくってもいいんだとよ。

新しいコードを使い始めて何日かしたら、息子が風呂場のほうで怒鳴ってらあ。

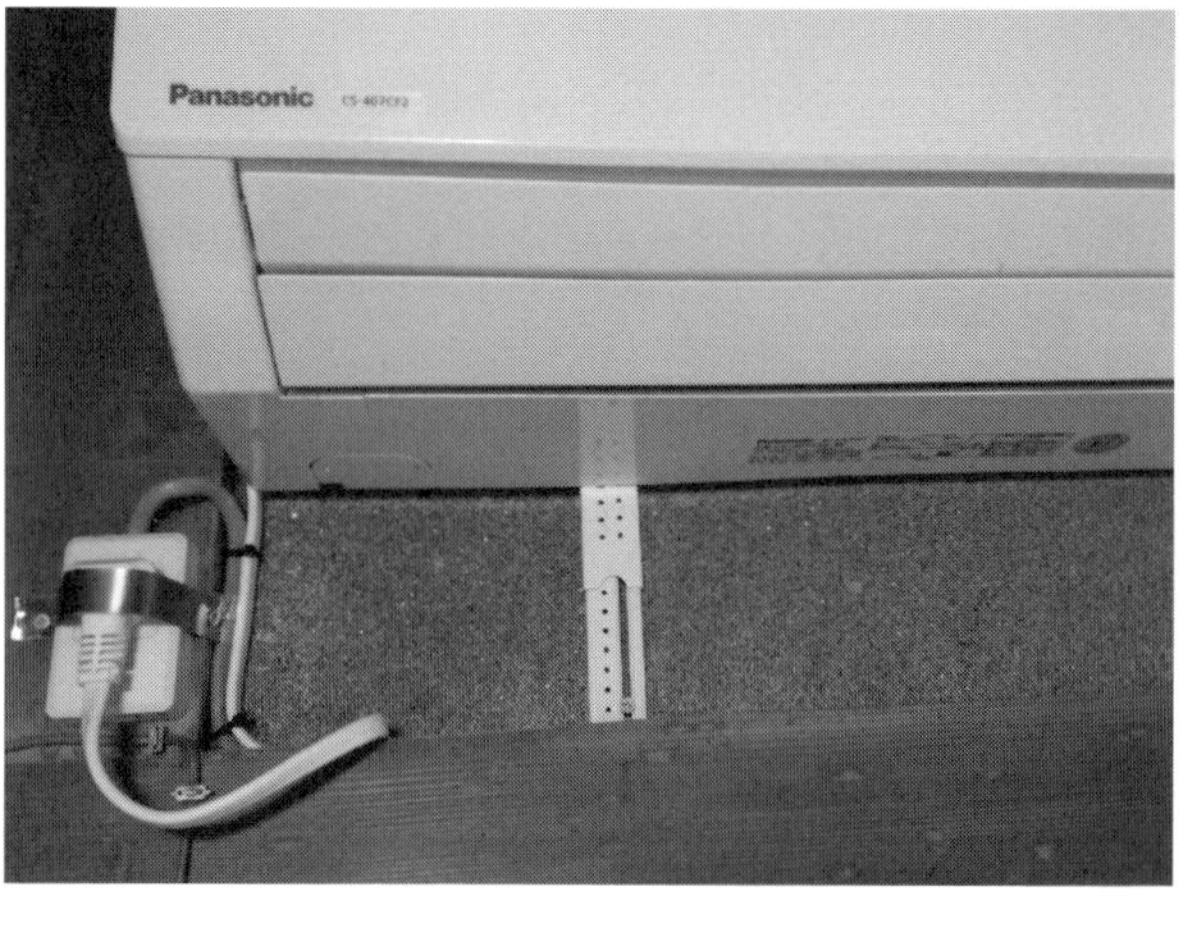

エアコンもそうだ

「クソッタレがあ。こんなところにあったい。ポットのコードがよお。洗面台の脇の洗剤入れの箱の中たあ、気がつかなかったいなあ。だけど、おもしろいやなあ。どうしてこんなとこに隠すんだんべえ。なあ、年子さんよお」

「へええ、誰がそんなとこに置いたんだい。困らいねえ」

「困らいねえっつったって、年子さん。あんたしかいねえじゃねえかい」

「あたしが？　そんなことした覚えはねえよ。たけっしゃんが置いたんじゃないんかい」

「ばか言うない。おらあ知らねえやい」

「まあ、いいさあ。ふたりがなにを隠したって。家の中だろうから、今日みてえにいつかは出てくるんだからよお」

「悠長なことを言うなあ、おめえは」

「年子さんが電気製品のコードをまいんち引っこ抜くんは、分からねえでもないんさ。コンセントから抜くったって、主婦の節約術じゃあねえよな。火の用心だい。30年以上前になるけど、年子さんがバラックのストーブの後始末を忘れて、2階建てのバラックが丸焼けになったことがあったいなあ。あれを心のどこかで覚えてるんだいなあ、きっと。とにかく『火の用心』なんだよな。その気持ちは分かるんだがねえ。それにしても、こうしょっちゅうじゃあ、おれも頭にくるんだよね」

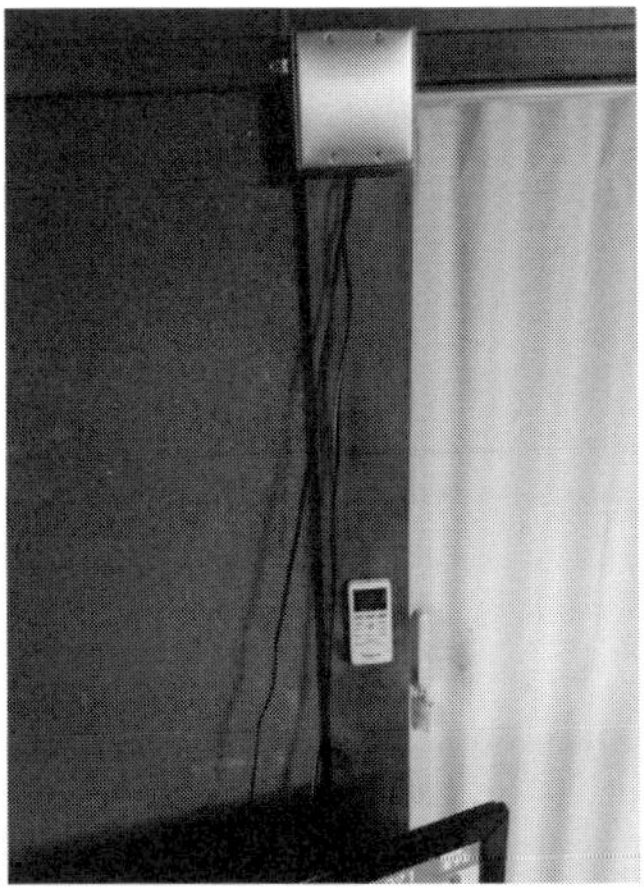
もちろん、テレビも

「へえ？　昔、近所で火事があったんかい。あたしはそんなこと全然覚えてないんさ。どこんちであったんだいね」

「どこんちっつったってなあ……」

◉こっちが黙ってれば

「ほれ、ジャガイモいっぺえ掘ってきたい。直売所に持ってぐべえ。でっけえ袋に8つも詰めたい」

「だからなあ、たけっしゃん。おれがくるまで袋に詰めるなっつったんべ。傷がついてるイモも平気で入れるからなあ」

「そんなこたあねえやい」

「そんなことがあるんさ。いつも三分の一ぐれえは傷だの虫食いだの腐ってるだのの不良品だい。待ってない。いま詰めけえるから」

「傷があったって、虫食いがあったって、そこを削って食やあよかんべえ」

「そりゃあ、その通りだけどなあ。商売物なんだから、そうはいがねえやい」

「そうっきゃあ。おらあ、分かんねえやい」

「まあ、いいがな。一生懸命につくったたけっしゃんには申し訳ねえけど、おれの言う通りにしてくんない。こんな傷もんがいっぺえへえってりゃあ、買っ

ジャガイモづくりはおもしれえよ

た人から苦情電話がくらあ。値段のシールにゃあ、たけっしゃんの名前があるんだからよお」

細けえことべえ言う息子だいなあ。うっとうしいやい。だいたい、子どもの時から親の百姓仕事の手伝いひとつしなかったんに、おれがつくったジャガイモを「これもダメ」「ああ、これも」っつって、ボコボコ捨てやがる。おれが黙って言うこと聞いてるからって調子づきやがって。素人のくせに……。

年子もよく言ってらい。

「まいんち家にきちゃあ、起きろだの薬飲めだの、面倒くせえことべえ言う。口うるさい息子だよ、本当に。あたしが腰がいてえから寝てるんに、『どんぐりの木の人がむけえにきたがな』『腰がいてえからって、寝たっきりじゃあダメだい』なんて、あたしを、布団から追い出そうとして。『外に出ないで好きに寝てりゃあ、寝たきり老人とかぼけ老人になっちまうぜ』だってさ。やかましい息子だよ、やだやだ」

そうなんだい。世間じゃあ、息子っつうのはもうちっと親にやさしいやいなあ。うちのはズケズケ言いすぎらい。

だいたい、おれたち夫婦はなげえことふたりでいいように暮らしてきたんだい。好きに飯食って、畑行って、また飯食ってってなあ。それなんに、朝っ

ちったあ傷があったっていいやい

ぱらから飛んできて、飯食えの、どっかからむけえがくるから車に乗れだの、サッサと湯にへえれだの。体だって特別悪かあねんに、無理に医者に連れてぐんだい。

俺たちは、おめえの親なんで、おめえの子どもじゃあねんだい。まったくよお。

今だって、となりの部屋にいて、なんかしてるんだよ。ああ、おれたちの薬箱に薬を詰めてるんか。そりゃあ、ありがてえけどなあ。それだってうるせえんさ。なんだか知らねえけど、朝昼晩といっぺえ薬を突き出すんだい。なんで手からこぼれるくれえ薬を飲まなくちゃいげねんかなあ。

こんなに飲みゃあ、病気になっちまわあ。

息子がブツブツ言いながら、薬を詰めてるみてえだい。

ああ、なんか言ってらあ。なにを言ってるんか、おれにはよく分かんねえけどなあ。まあ、やかましい息子だいねえ。

あいつ、ちっといかれてるんじゃあねんきゃあ。

《うるせえ。おれがジャガイモ選別しなけりゃあ、とっくの昔にたけっしゃんは直売所で出入り禁止になってらあ》

《年子さんも年子さんだ。まいんちおれがベッドから引っ張り出さなけりゃあ、

おれが丹精込めてつくったジャガイモを捨てやがる

おめえなんざあ、とっくの昔に寝たきり老人だい》

《国民年金を60歳からもらってきたおめえたちの年金額が月にいくらか知ってるんきゃあ。食費や光熱費でいっぱいいっぱいじゃねえっきゃあ。デイサービス代や医者代、下着や洋服代なんぞは、おめえたちの口うるさい息子さんが、乏しい収入から出してるんじゃねえっきゃあ。おめえたちはいいけど、息子さんの老後は真っ暗だい！》

《おれだって好きでまいんち朝晩きてるんじゃあねえやい。飯の支度だの、トイレ掃除だの、楽しくてやってる訳じゃあねえやい。おめえたちだけで暮らせるんきゃあ。クソッタレがあ。憎まれ口だけは、病人らしくねえやいなあ。昔のまんまだい……》

「息子さん」だって、好きで飯の支度をしている訳じゃねえやい

◉負債と返済

「年子さんよお。1人で留守番できるっきゃあ？　たけっしゃんの泌尿器科の薬が終わるから、医者に連れてぐんだい。一時間半ぐれえでけえってくらあ」

「あれ、たけっしゃんを医者に連れてってくれるんかい。そりゃあ済まないねえ」

「ほれ、このごっけえ紙に『健と克彦は、藤岡の医者に行ってくる』って書いてあるだんべ。ちっと待っててくんない」

たけっしゃんは病んでるんだからしょうがないけど、しょっちゅう医者に行がなくちゃならないのに、そのたんびに息子が遠くからくるんじゃあ、おやげねえよ。まあ、今日は車に乗せてってもらえばいいけどねえ。

「悪いねえ、あんたも忙しいんに。いつもいつも世話になって。たまにはあたしが運転して行ぐから、無理しねえでいいよ」

「ああ、そうかい。じゃあ来月は、そうしてくんないね」


だけどさあ。おっかしいんだよ。家の中に誰もいねんさ。たけしゃんはどこに行ったんかねえ。畑かねえ。畑に行ぐんなら行ぐで、あたしにひと声かけて行ぎゃあいいじゃないかね。ひとりっきりじゃあ、なにしたらいいか分かんねえがね。

あれえ、庭に車が入ってきたよ。たけっしゃんが降りてきたよ。運転してたんは息子だ。ふたりしてどこに行ってたんだろう？　あたしをおいてきぼりにしてさあ。

「おお、年子さんよお。たけっしゃんの医者に時間がかかっちまったい。さっき終わって、急いで帰ってきたんさ」

「ああ、ほんとだいなあ。なっから時間がかかったもんだい」

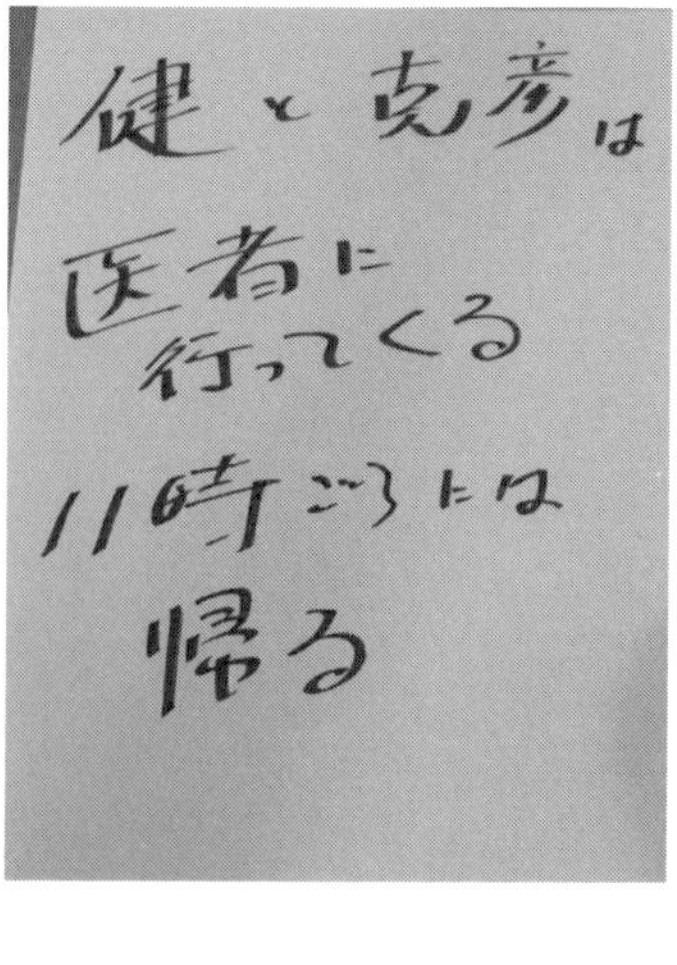
健と克彦は
医者に
行ってくる
11時ごろには
帰る
でっけえ紙に書いてあるがね

「たけっしゃん、ふたりでどこに行ってたんだいね。ええ？　医者に行ってたんかい。なんであたしに黙って行ったんだい。ほんとに医者にかかってたんかい？」

「おめえ、なにおっかねえ顔してんだい。医者に行ぐって、そこのでっけえ紙に書いてあるじゃあねえかい」

「そんなもん、知らねえよ。あたしに黙って行ぐこたあねえじゃねえかい。家ん中は誰もいねえし、あたしはどうしていいか分かんねえし。医者に行ったって言うけど、転んで大けがでもしたんかい」

　年子がおさまんねえやい。こらあ、息子になんか言ってもらうべえ。

「おめえよお。年子によく言ってくれやあ。なんだか分かんねえけど、怒ってらい」

「いいやい、ほっときな。あらあ言ったって分かんねえやい」

「そうかや」

「詳しく説明したって、どうせ分かりゃあしねえよ。ほっとけ、ほっとけ。3、4分もすりゃあ忘れるから」

　年子が全然おさまらねえんに、息子はそっけねえやい。

「おらあ、2人の昼飯の支度したら仕事に戻らあ。畑からとってきたナスが

息子夫婦に借りを返さなくちゃぁ

いっぺえあるから焼くかなあ」

「あんたは忙しいんだから、いいよ。あたしがやるから」

「年子さんの『あたしがやるから』はまいんち聞くんだけど、実現したことがねえからなあ。まあ、いいやい。支度しとくから、適当に食ってくれや。後片づけは任せらあ」

「あんたも、ご飯食べてぎゃあ、いいがね」

「忙しいんだい。すぐけえりてんさ」

「そうかい。じゃあ、しゃあないねえ」

でも、そう言いながら、息子は台所で料理してるし、すぐに帰る感じじゃねんさあ。


なんだか分かんねえけど、さっき息子は「さっさと帰る」って言ったんじゃなかったかねえ。料理してるよ、まだ。

「あんたも、ご飯食べてぎゃあ、いいがね」

「忙しいんだい。すぐけえりてんさ」

「そうかい。じゃあ、しゃあないねえ」


あれえ、なんだか分からねえけど、台所で料理してるんは、息子だいねえ。

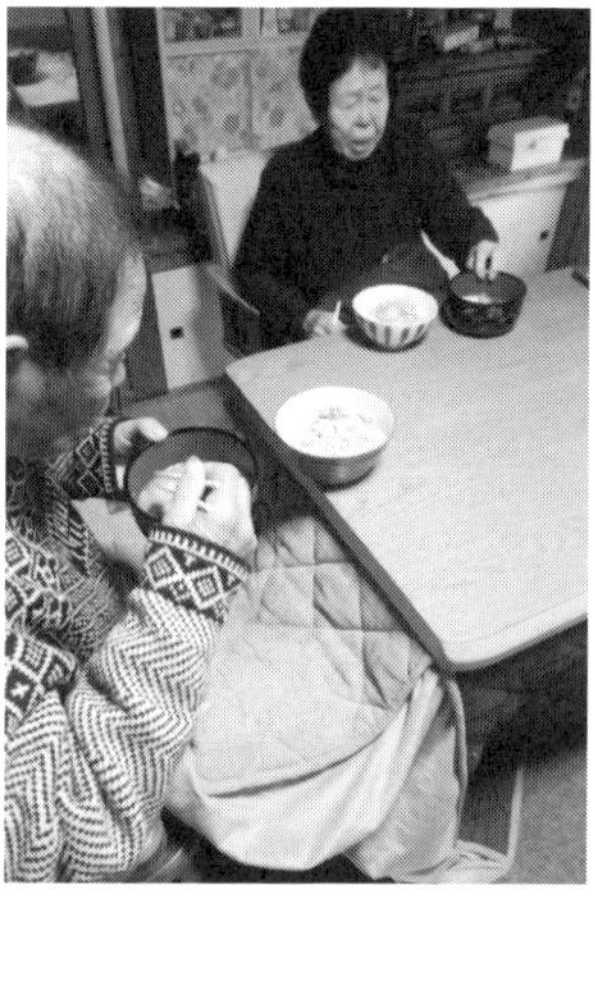
息子の世話になってばっかりさ

いつきたんだろう。

「あんたも、ご飯食べてぎゃあ、いいがね」

「忙しいんだい。すぐけえりてんさ」

「そうかい。じゃあ、しゃあないねえ」

まったく、そっけない息子だよお。あたしとたけっしゃんの昼ご飯を用意してくれてるんだから、一緒にご飯食べて帰りゃあいいだろうに。すぐに帰るんかい。それじゃあ、申し訳ないねえ。

なんかあたしの言うことなんか「聞く耳持たねえ」って感じだねえ。

「なんだか『借り』ばっかりできてる気がするねえ。なんか持たせてやる『お返し』はないかねえ」

あたしはお土産を考えてるんに、息子はこっちを見やしねえ。思いやりってもんが足りないねえ。

息子が小さい声で、それに早口でなんかしゃべってるんさあ。

「年子さんには『息子への借りを返したい』って気持ちがあるかもしれないなあ。その返済が、いつもよこそうとするけど、いりもしねえ『お土産』なんだんべえなあ。今日の『昼飯を一緒に食えば』もそうだんべえ。せめてもの『お返し』の気持ちなんだろうね。学者さんが言う『負債感と返済意識』ってやつか。だからって、その想いに応じて、ここで一緒に昼飯食べたって、症状が改

あんた、息子にお土産はないんかい？

善されるものでもないだろうなあ。

それに、いつもいつも応じていれば、息子さんの家庭や仕事が崩壊しちまわあ。そうなったら、一番苦しい状況に追い込まれるのは年子さんとたけっしゃんだい。だから、できるだけ早く仕事に帰りたいんさ。分かるっきゃあ、息子さんのつらいところがよお」

あたしは耳が遠くなったから、なにを言ってるか分からないんだけどね。とにかく、息子に持たせるお土産を探さなくちゃならないんだよ。

◉「ああ、くるな、くるな！」

また、息子が細けえことを言ってるよ。どんぐりの木の人がきたら車に乗るんはいいけど、よけいなカバンまで持ってぐらしいやね。だって、カバンには着替えなんかがいろいろ入ってるじゃないの。別に風呂屋に行ぐんじゃねえんだから、そんなのいらないんさね。
「このカバンにへえっているのは、いらねえものべえだい。みんな放り出すべえ」
「年子さんよお。そらあ、叔母さんが用意してきてくれた着替えだがね。全部いるやつだい」

あたしは、自分でなんでもできる。世話なんかいらないよ

「あたしゃ湯に入りになんか行がねんだから、みんないらないがね」

「今日は行がねんきゃあ？　そんなこと言ったって、もうじきむけえがくるがな。いやでも行がなきゃあなんなくならあ」

「腰がいてえから、今日は家でいちんち寝るんさ。だから着替えなんか放り出しちまうんさ」

「そんなことすりゃあ、叔母さんだって怒らい。毎朝毎晩きてくれてるんに、あしたっからきてくれなくなるがな」

「ああ、きなくたっていいさね。あんたもきなくってていいやい。うるせえことべえ言って、親に指図してさ。うっといしいことさ」


あたしは思ったことを普通に言っただけなんに、あれえ、息子がおっかない顔になってきたよ。

「うるせえ！　バカったれがあ。あんたから言われなくたって、叔母さんもきねえし、おれも金輪際きねえやい」


大きな声で怒鳴るじゃないか。あたしだって訳もなく怒鳴られりゃあ、くやしいから言い返すんさ。

「ああ、くるな、くるな！　あたしだって、せいせいすらあ」

「車も運転できねえ、飯もつくれねえで、まあ、ふたりで暮らしてくんない。

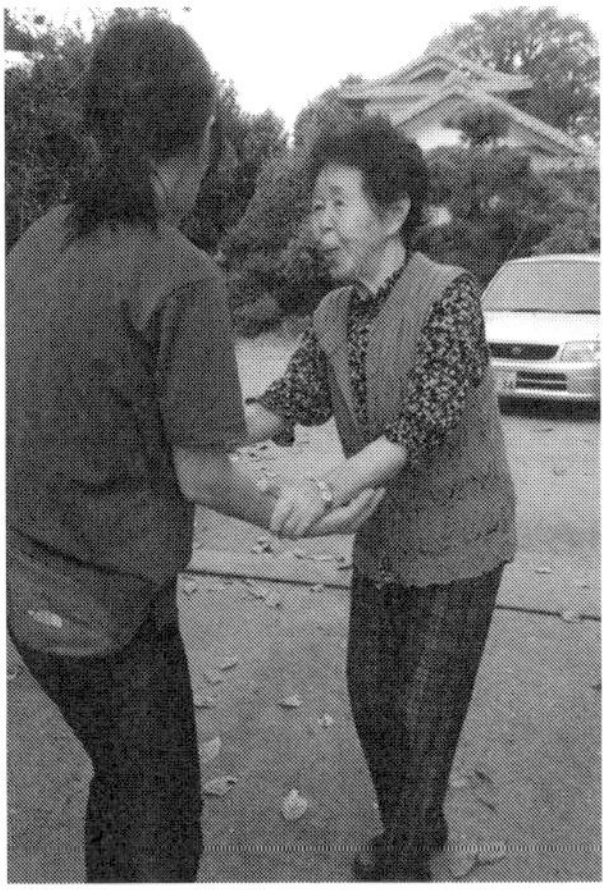
年子さん、早く車に乗りましょう

どっちかが飢え死にしたら、生き残ったほうが電話よこしな。葬式ぐれえ出してやるからよお」

「ああ、そうなる前に、あっちのため池に飛び込んで見事に死んでやらあ」

「へらず口べえたたきやがって。勝手にわめいてりゃあいいやい」

大声出してた息子が、ゴミ袋かかえて庭のバラックへ行っちゃったよ。それに、たけっしゃんが、息子を追いかけて行ぐじゃないの。でも、すぐにこっちに帰ってきたよ。なんかオロオロしてるみてえだいねえ。あっちに行ったり、こっちにきたり。なんでだろうねえ?


あれ、バラックに行った息子が帰ってきたよ。あたしの顔を見て、ちっと怖い顔してらあ。なんかいやなことでもあったんかねえ。

「どんぐりの木のむけえはまだかねえ。せっかくきてくれるんだから、行がなきゃあねえ、たけっしゃん」

「そうだいなあ、行ってくりゃあいいやい」

「なんだい。ふたりともごきげんよさそうだいなあ。今日は天気もいいし、年子さんはどんぐりでのんびりしてくりゃあいいがね。たけっしゃんは、畑に行ぐっきゃあ?」

なんだい。怖い顔をしてたのに、あたしが「どんぐりに行ぐ」って言い出し

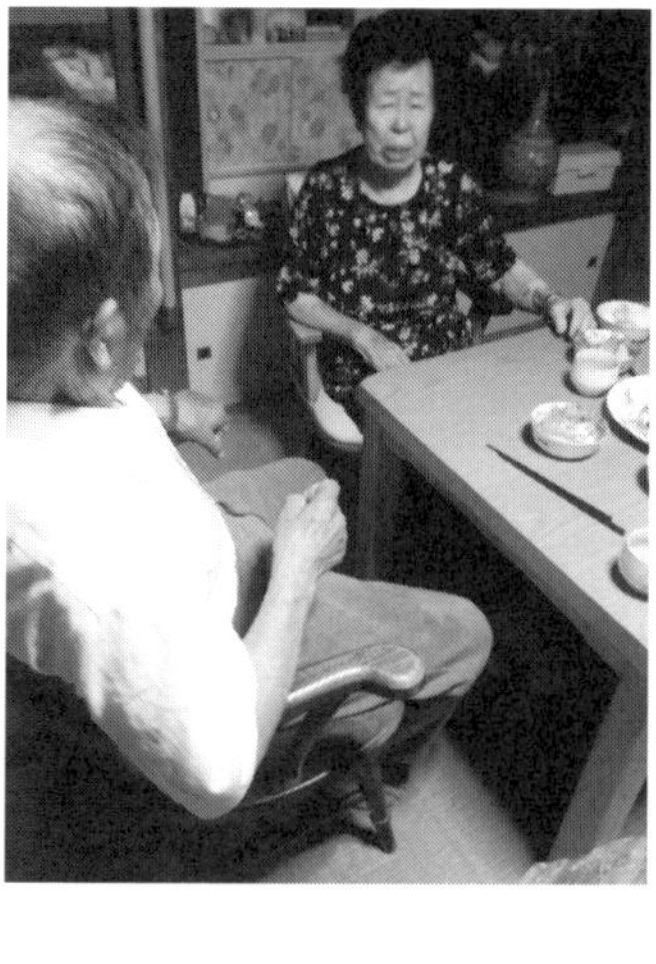
まったく息子ときたら

たら、息子もニコニコ顔になってきたよ。

まったく、あたしがごきげんをとらなきゃあならねえんだから、やんなっちゃうよ。気持ちが顔に出るっつうところが、この子の欠点だいねえ。小学生じゃあるまいし、困ったもんさ。

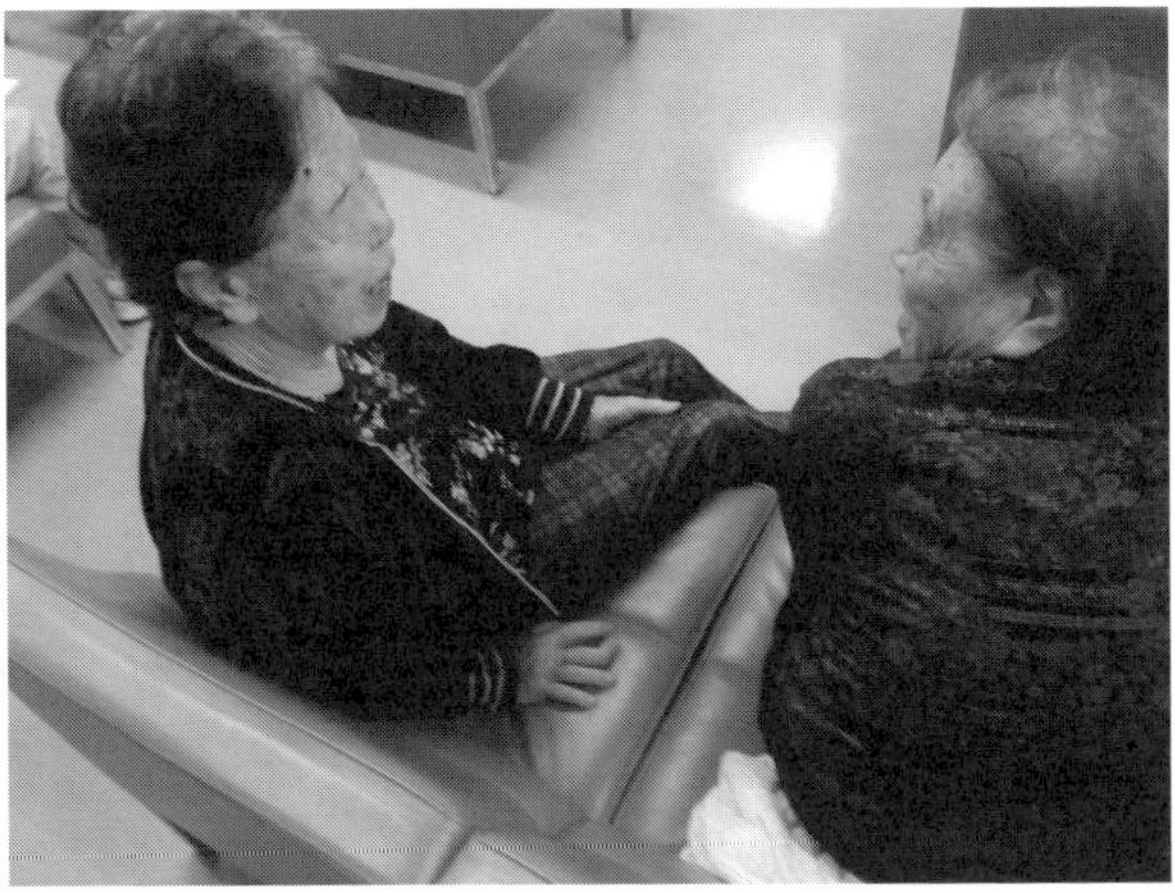

あたしは誰とでも気をつかってしゃべるんさ

7　吟遊詩人

◉雲は自由でいいやいいねぇ

朝早く直売所に野菜を持ってぐんだけどさ、息子に車に乗せてもらって。空を見てると飽きねんさ。真っ青に晴れてたり、雲がいっぺえあったり、雨が降ったりなあ。横の息子に話したくならいなあ。

「けさは、空が全部曇ってらあ。あの雲はきのうまではどっかに行ってたいなあ。だって、きのうは雲がひとっつもなかったじゃねえかい。あの雲は、いったいどこに隠れてたんだかなあ。信州のあたりに集まってたんかなあ」

「たけっしゃんなあ。向こうに見える赤城山の、ずっと向こうのほうにいたんじゃねんかい」

「日本中いろんなとこを飛び歩いてるんだんべえなあ。いいやいなあ、雲は。

赤城山の真上の雲はどこへ行ぐんだんべ

好きなところに飛んで行けてよお」

「雲は軽いからなあ。ちょっと風が吹きゃあ、群馬から九州ぐれえまですっ飛んでぐんじゃねんきゃあ」

「そんなほうまで飛んでってよお。よくまた、ここの真上の空の場所を覚えてらいなあ。らゃんと戻ってくるんだから」

「雲っつうんは、おれら人間より頭がいいんだんべえ」

「あれえ。あすこの雲が黒くなったい。えばってるみてえだいなあ」

「なんだい。黒くなるんは、えばってる証拠かいなあ」

「ああ、そうだい。普通は白いじゃねえかや。だけど、えばったり怒ったりすると、黒くなって、おれらを吹き飛ばそうとしたり、大雨を降らしたりすらいなあ」

「そんなもんかねえ」

「いま、赤城の真上にいるやつだって、そのうちに強え風が吹きゃあ、妙義や秩父の向こうまで流されるんだんべえ。だけど、いいやいなあ、ただで旅行ができてよお」

だってよお、空を見てりゃあ、そう言わずにはいられねえがな。

おもしれえ形の妙義山までだってすぐに飛んでぐだんべ

「詩人になったいなあ、たけっしゃん。若い頃は、そんな言い方をしなかったんべ。農業の話しかしなかったからなあ。人間、年をとると『子どもに返る』ってよく言うじゃねんかい。たけっしゃんが言ってることを聞いてると、小学生が国語の授業で詩を書いてるみてえだい」

「そうかや」

「ああ。だって、大人は雲を見てこんなことは言わねえぜ。ちっと恥ずかしくってよお」

「恥ずかしいこたあ、なかんべえ。雲だって生きてるんだからよお。あっちこっち、旅してえだんべ」

「つまり、おれたち大人が、とっくの昔に忘れちまった『無邪気さ』っつうか『人本来の豊かな感性』つうもんが、年寄りになるとよみがえってくるってことかなあ。おっと、ちっと固っ苦しい言い方になったいなあ。わりい、わりい」

なにい？「かんせい」とか言ったなあ。どういう意味か分かんねえけど、まあ、いいやい。

「つまりな、たけっしゃんは詩人だってことだい」

なんだあ？「しじん」っつうのはどういう意味だい。おれにはよく分かんねえけどよお。

直売所から空の雲を見たら

◉し〜らかばあ　あおぞ〜ら

小便のことで医者に通ってるんだい。詳しい病気の名前は覚えられねえけど、早い話が、小便してえ気分にならねえんに、勝手に出てるんさあ。医者からもらう薬と、あとは紙パンツとか、その中に入れるもん、ああ「パッド」っつうんかなあ、それ頼りだい。朝昼晩と3回取っ替えるんさ。それで、あんまりズボンを濡らさねえですんでるんだい。

まだ2月で、ちょっとさみい時期だいね。その医者で薬をもらって外に出たら、空は雲ひとつねえ青空だったい。南から吹いてくる風が、なんとなくあったけえんさ。もうすぐ春だっつう気分だいね。

車の助手席に乗ったら、歌の文句が浮かんできたんさ。

だから、声に出して歌ってみたんだよ。

「たけっしゃんよお。なに言ってんだやあ？　おれに用かあ？」

「そうじゃあねえやい。歌あ歌ってるんだい」

「歌？　なんつう歌だい？」

「知らねえや、歌の題なんてよお。昔歌ったことがあらあ」

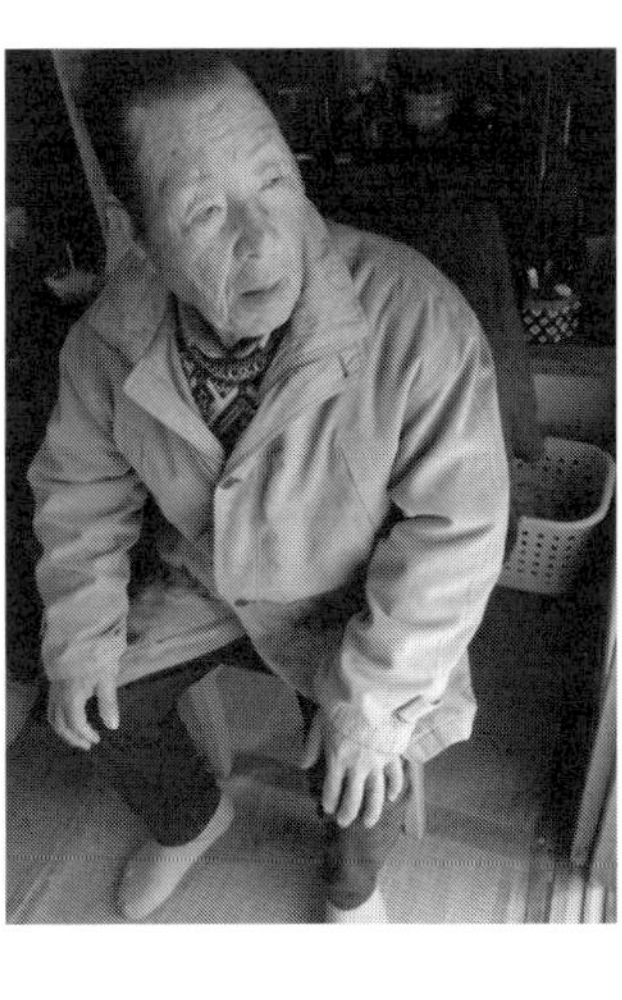

家で青空を見ながら思わず歌声を

「じゃあ、もう1回歌ってみない」

〽し～らかばあ
あおぞ～ら
み～な～みか～ぜ

こぶしさく
あのおか　きたぐにの
ああ、きたぐにの～は～る

き～せつ～が
とかいで～は
わからないだろう～と
と～どい～た～おふくろの
ちいさ～な　つ～つ～み～

あのふ～るさとへ
かえろかな～

鼻歌交じりで仕事だい

か〜えろ〜かな〜


おもしれえことに、わりとスラスラ歌えたんだい。

歌なんか歌ったのは何年ぶりだんべえねえ。

昔は、宴会でよく歌ったもんさ。


「たしかに、そんな雰囲気だいなあ。医者を出たとたん、遠くの山にはちっとんべ雪が残ってて『しらかば』みてえな色だい。目の前は『あおぞ〜ら』で、『み〜な〜みか〜ぜ』が吹いてたよなあ」

「ああ。それでな、こんな歌の文句が浮かんできたんさ」

「有名な歌謡曲だけどよお。よく覚えてたいなあ。たいしたもんだい。いけるぜ。ほんとに吟遊詩人だいなあ。どっかのテレビ局が取材にでもきねえかなあ、おもしろがって」

喉を湿して歌ってみよう

◉造形作家　その1

「よお、たけっしゃん。なんだやあ、ふすまを外して裏返しに置いてよお。そらあ押し入れのふすまだんべえ？　花まで飾ってさ」

「きのう、よそんちに行ったら、どこんちもこれをしてあったからやったんさ」

「どこんちもこれをやってた？　うそべえ言うない。お彼岸やお盆じゃああるめえし」

「そんなこたあねえやい。みんなんちにあったい」

「みんなんちったって、たけっしゃんはきのう、ずっと家ん中にいたんべや。年子さんに引っかかれた傷を人に見られたくねえってさあ」

「そうっきゃあ」

「だけど、こらあ盆棚に似てらいなあ。ゆうべお盆かお彼岸の夢でも見たんじゃあねんきゃあ」

「夢なもんか。みんながやってることだい」

「どこんちも、こんなのやってねえやい。たけっしゃんが若い頃は、お盆がくると毎年仏壇の前に座卓置いたりして、花や食べ物なんかを飾って盆棚をつくったがな。それに格好がよく似てらあ。花も飾ってあるしよお。お盆の夢を見たんにちげえねえやい」

「おめえもしつけえやいなあ。近所じゃあどこんちもこんなのをつくってるんだい。嘘だと思うんなら、あっちこっち見てくりゃあいいがな」

「まあ、いいやい。自分ちなんだから、好きなようにやってくんないね」

おらあ、アーティストだから

「そうだんべえ」

「でもよお。最初見た時は、思わず笑ったけど、よくよく眺めりゃあ、なかなかシュールな飾りだいなあ。イスをいくつか並べて、その上にふすまを裏返しに置いてなあ。花の横に飾ってあるそりゃあ、なんの葉っぱだい？　葉っぱの先に靴下がふたっつ下げてあるじゃねえっきゃあ。その靴下は年子さんのみてえだなあ」

「ああ、ちょっと変わった感じになるかと思ってさ。水色の柄がきれえだんべ」

「たけっしゃん、よしないね。あたしの靴下なんかあ。人に見られたらみっともねえがね」

「そうかあ？　年子の言う通りかなあ。やっぱり靴下は合わねえかねえ？」

「いいや、たけっしゃん。おれはかなりいい線いってるデザインだと思うけどね。靴下はそのまんま飾っといたほうがいいんじゃねえっきゃあ」

靴下がシュールだべ？

◉造形作家　その2

「年子さんよお。寝床のあかりからぶら下がってるひもに、なかなかしゃれたもんをつけてるじゃあねかかい」

「ああ、白いダルマと、あたしのメガネさ」

「なんかのまじないかあ？」

「そんなんじゃないよ。電気をつけるんに、ひもだけだとうまく引っ張れねんさあ。ひもにぶら下げたダルマを持って引っぱると、うまく電気をつけたり消したりできるんさ」

「ダルマは分かったけど、そのメガネはなんのために吊るしたんだあ？」

「なんだろうねえ。分かんねえけど、ダルマだけじゃあ寂しいからねえ。飾りんなっていいんじゃないの？」

「なるほどね。なんか現代アートの作品展みてえだいなあ。『寝室のあかり』のひもにぶらさがった『ダルマ』と『メガネ』かい。なんかしゃれた題名をつけてえなあ」

「なんてつけりゃあ、いいんだい？」

「毎朝『腰が痛てえ』っつって、寝床から起きねえじゃねえかい。倒れても倒れても、そのたんびにスッと起き上がるのがダルマだい。『八起きの願い』とでも名づけるか？　『寝たっきりはいやよ』でもいいぜえ」

「はあ、変わったお題だいねえ」

「それでな。市の老人クラブの展示会があるじゃねえっきゃあ。あれに出品すりゃあいいんだい」

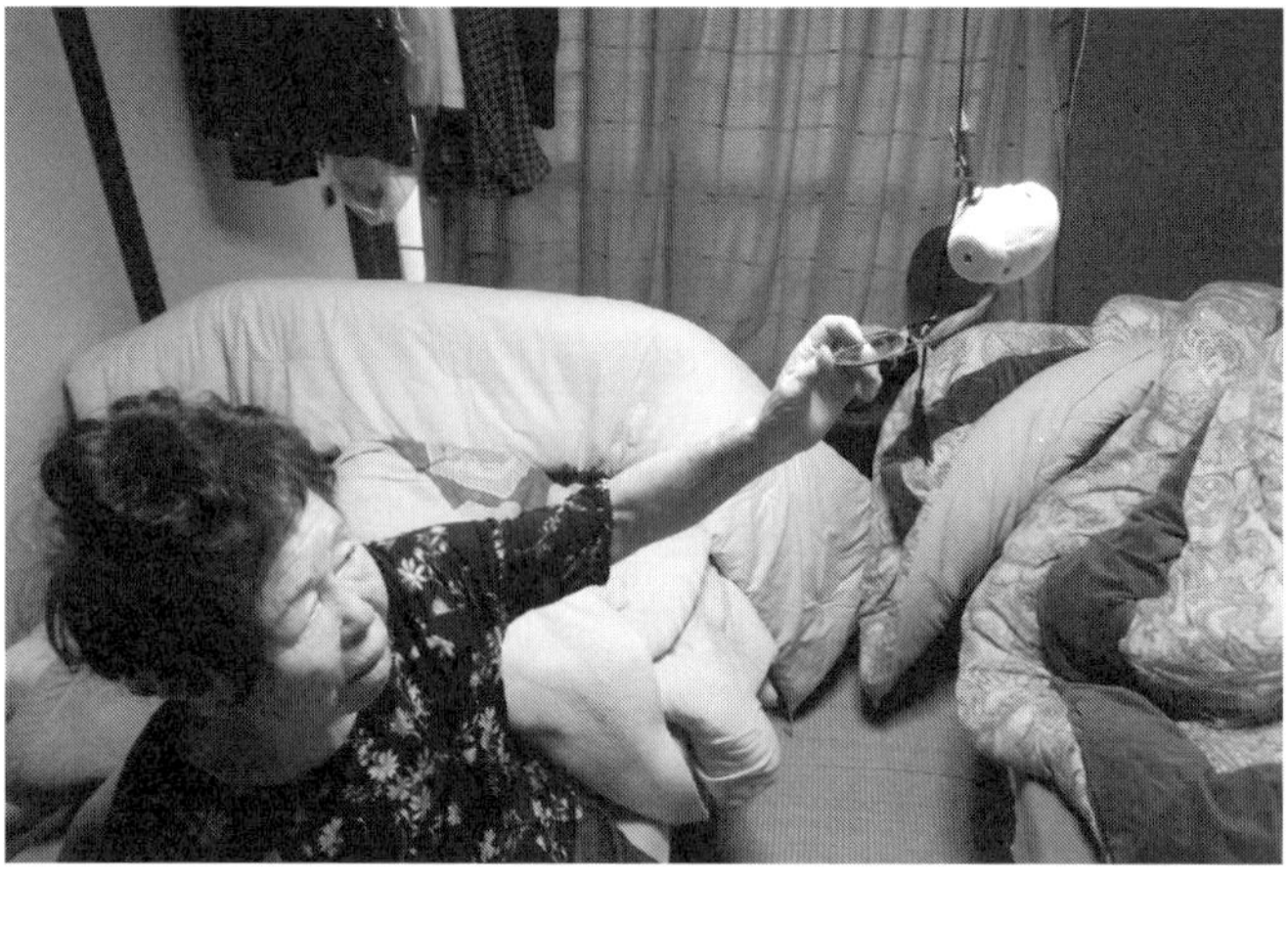

電気のつけたり消したりにいいんさ

「展示会だって？」

「そうだい。いま使ってるベッドを会場に運んでな。このあかりをワイヤーかなんかで吊るしてさ。ひもにダルマとメガネがぶら下がったこのまんまの寝床の様子をつくるんさ。かっこいいぜえ。そんなのを出す人はいねえから、一発で優勝だい」

「そうかねえ」

「おれが、知り合いの新聞記者に連絡してインタビューにきてもらわあ。新聞で大きな記事にしてもらうべえ」

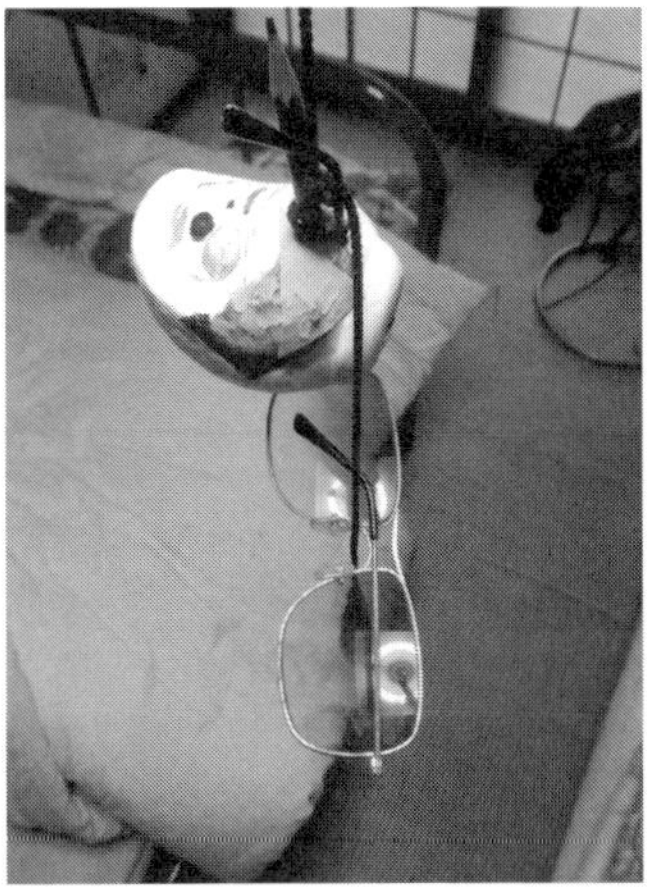

ほとんど「現代美術」だね

8　役者だねえ

◉迷優

東京から若い衆がきてるらしいやい。重そうな機械を肩に担いでなあ。なんでもテレビ局のカメラマンだってさ。こんな田舎までなにしにきたんだんべえ。

「あんたたちはどこからきたんだい？」

「たけしさん、東京からきたんですよ。年子さんとのふたり暮らしの様子を撮りにきたんです。元気なお姿を、全国ニュースで流すんですよ」

「ニュースだあ？　おれらは特別なことなんかしてねえぜ。まいんち畑行って、野菜とってきてなあ。直売所に持ってってぐだけだい」

「そういうのがいいんですよ。ご飯を食べたりする姿も撮らせてくださいね」

大根を積みすぎた、重てぇ

見たことない若い人と、たけっしゃんが楽しそうにしゃべってるねえ。あれえ、あたしのほうにも近づいてくるよ。あいさつしなきゃあ。

「こんにちは。年子です。みんなはどこからきたんだい？」

「東京からです」

「東京からはるばるねえ。こっちに親戚でもあるんかい？」

「おふたりを撮影して、テレビのニュースで流すんですよ」

「へえ、テレビでねえ」

「年子さん。この村は好きですか？」

「嫁にきて60年もたってるからねえ。すっかりふるさとだいねえ」

「ご飯食べてるところを撮ってもいいですか？」

「やだよ。こんな年寄りを撮らないどくれえ」


「たけしさん、大きな大根ですねえ。こんな大きな大根が片手で抜けるんですねえ」

「ああ。土がいいんだいねえ。こんないい土の畑は、ほかにはねえよ」

「直売所でも評判いいでしょう？」

「ああ。まあ1本100円ぐれえで売るんだから、いくらも儲からねえけど、みんなが買ってってくれるから、張り合いがあらいねえ」

大根が片手でスポッと抜けるんさ

「今日も、これから大根を出荷するんですか?」

「ああ。もうじき息子がきてくれらあ。なんだか知らねえけど、おれたちは車を運転しちゃあいげねえらしいよ。だから息子が車におれと大根を積んで直売所に行ぐんさ」

「そうですか」

「ほれ、年子よお。大根を早く袋に詰めなきゃあダメだい」

「そうかね。だけど、おっかしいんさ。さっき袋を切るのに使ってたハサミが見当たらねえんさ。どこに行ったんかねえ。物置にも母屋の玄関にもないんさあ」

「年子さん、ハサミは横にある段ボール箱に放り込んでましたよ」

「あれえ、カメラマンさんだから、よく見てるねえ。ほんとだ。箱の中にあったじゃないか。誰が隠したんだい? ええ? あたしが放り込んだんかい。ダメなんさあ。ついさっきのことをすぐ忘れちまうんだからねえ。困ったもんさ」

そんな無駄っ話をしながら、夕方までいたんじゃねんかなあ。ずいぶん撮ってたよ。なにに使うんか知らねえけどさ。

まあ、いいやい。おれたちは晩飯も食ったし、もう寝るからなあ。

よく売れるから張り合いがあるんさ

よく分かんねえけど、けさ、東京から若い衆が5、6人きたんだい。おれと年子をカメラで撮るっつうんだそうだ。初めて見る顔なんだけど、みんな愛想いいやねえ。ニコニコしながら「おはようございます」なんてよお。

「おお、みなさん大勢できたねえ。どっからきたんだい？」

「東京からですよ。たけしさん、年子さん、今日もよろしくお願いします」

「今日もってよお。おらあ、みなさんを見るんは初めてだい。なあ、年子もそうだんべえ？」

「そうだいねえ。みなさんはこっちに親戚でもあって、遊びにきたんかい？」

「きのうも1日撮影したじゃあないですか。今日は、ちょっと離れたところにあるっていう畑に行きましょう。ビニールハウスにキャベツや白菜があるらしいじゃないですか」

「まあ、あるけどよお。そこまで行ぐんだったら、おらあ自転車で行ぐべえ。年子はそこまでは歩けねえから、自転車にリヤカーくっつけてなあ。それに乗せて行ぐべえや」

「いいですねえ。うるわしの光景ですよ。珍しいし、いい映像になりますよ。でも、今の法律だと違反ですよね。放送じゃあ使えないかもね」

「なあに、50年も前は、誰だって自転車にリヤカーくっつけて畑に行ったもんさね。珍しかあねえよ」

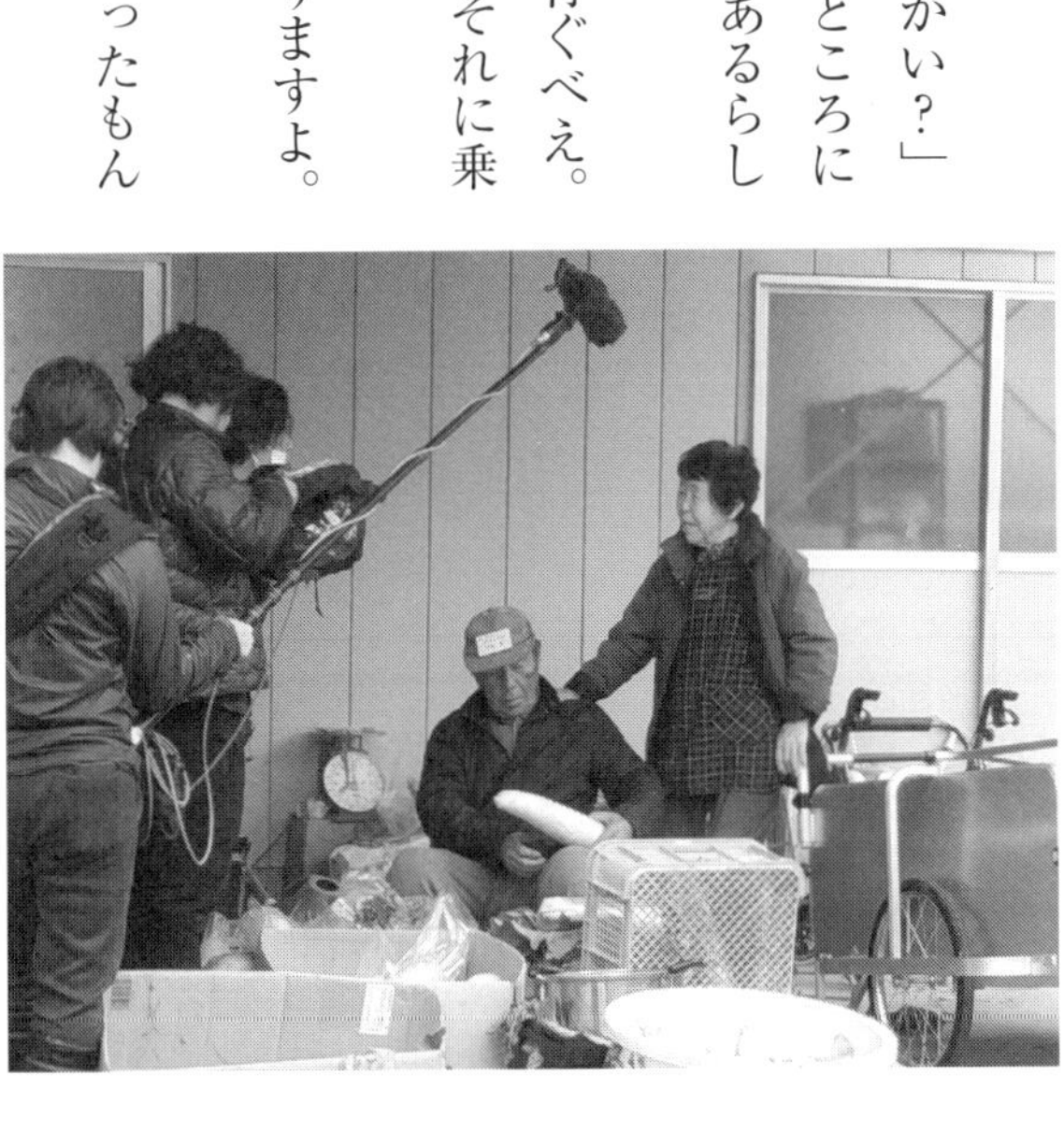

そんなに撮らないどくれえ

「たけっしゃん、リヤカーなんか使わずに軽トラックで行ぎゃあいいがね」

「年子なあ、車はねえんだい。よく分かんねえんだけどよお」

「車がないってことがあるもんかね。じゃあ、盗まれたんかい？」

「分かんねえ。でも、ねえんだい。だから自転車かリヤカーだい」

「おっかしいねえ」


まあ、そんなんで、ビニールハウスのある畑まで行ってみたんだい。ハウスの中には、葉っぱもんが、よく巻いててねえ。うんまそうにできてんだよ。けど、待てよ。この葉っぱもんはなんつう名前だったたっけなあ。ここんとこ、そうなんだい。畑でつくってる野菜の名前が出てきねえんだい。おっかしいやいなあ。こないだまで、そんなことなかったのによお。いいやい、向こうに知り合いがいるから、聞いてんべえ。だけど、この知り合いの名前も出てきねんさ。弱ったなあ。

「これはよお。なんつう名前だったたっけなあ」

「木部さん、なにを寝ぼけたことを言ってるんだい。キャベツだよ、キャベツ。葉っぱがきれいに巻いてらあ。さすがに野菜づくりの名人だいなあ」

「ああ、そうだ。キャベツ、キャベツだ。忘れっちまうんだい。困ったもんだいなあ。ところであんたの名前はなんだったたっけ。たまに会わいなあ」

ニュースで全国に登場のたけっしゃん

「なに言ってんだい。10年以上も前から木部さんちの畑を半分借りてる木村だがね。自分ち用の野菜をつくってるんだい。いつもいつも顔を合わせてるじゃねえかいね」

「あれ、そうかい。そんなにいつも会ってたっけなあ」

あれれ、こんなところをすっかり撮られちまったい。これじゃあ、おれがおっかしい人みてえに、テレビで流されっちまわいなあ。

あら、やだよお。たけっしゃんったら、キャベツをかかえて「これの名前はなんだっけ」なんて聞いてらあ。あの人は病気だから、しょうがないけど、恥ずかしいやいねえ。

「年子さん。ご主人さんがつくった野菜は立派ですねえ。ところで、ご主人さんのことは好きですか？」

「たけっしゃんが一番さあ。だけど、そんなこと言ったら笑われちまわいねえ。乱暴なことも言うけど、やさしいんだよ、あれでさ」

畑でいろいろやってたら、もうお昼だい。家に帰って昼飯にするべえ。息子が朝っからきてるから、どうせ昼飯つくってくれるだんべえ。あいつも、家にきちゃあ、口うるせえことばっかり言ってるけど、まあまあ、いいところもあ

年子さんも笑顔で「たけっしゃんが一番」だって

ふたりで畑に行ぐべえ

らいねえ。

　今日の昼飯のおかずはなんだい？　焼き魚と卵焼きかあ。息子も男の割には料理がうめえやなあ。おお、おっきりこみもつくってくれたんかあ。年子のやつ、さっさと食べ始めてらあ。

「うまい。ありがとう。すべてうちは子どもにお任せなんさ」

　こんなことを言ってらあ。いい気なもんだぜ。普段は「息子が朝きて、あたしを寝床から引きずり出すんだ。やな息子だよお」なんてブツブツ言ってるくせになあ。カメラの前だと気取って、息子にお礼を言ってやがる。まったく、外面だけはいいやいなあ。

「年子さん、カメラマンさんから聞いたぜ。さっきは『たけっしゃんが一番だ』とか言ってたらしいなあ。いつもケンカベえしてるんになあ。おれのことも、悪口言ってるだんべえ。おれが知らねえとでも思ってたんきゃあ。みんな知ってらい。それなんに、よく『子どもにお任せだ』なんてセリフがスラスラ出てくらいなあ。大した役者だよ、ふたりとも」

　あれえ。息子がなんか言ってるよ。たけっしゃんも、横でニヤニヤしてらあ。なにを言ってるんだろうねえ。「役者」がどうのこうのってさ。

　よく分かんねえけど、まあ、あたしにゃあ、あんまり関係ないんさ。なにしろ、耳が遠いんだから、正直なところ、なにを言われてるのか分からない時が

この村は「ふるさと」さ

多いんさ。歳はとりたくないやねえ。

実はよお。おらあこの日、カメラマンに言われたんだい。

「たけしさん、顔にすごい引っかき傷がありますよ。どうしたんですか。きのうはなかったのに」

聞かれたからって、正直に言う訳にはいがねえよ。

「きのう、みんなが帰った後、自転車に乗ったら、転がっちまってなあ。それで、こんなひでえ傷ができたんだい」

「ああ、そうですかあ。気をつけてくださいね」

ごまかすしか、ねえやいねえ。

本当は、自転車で転がったんじゃねえんだい。年子の仕業なんだい。それなんに、けさ起きた時に、年子は平気で言いやがった。

「たけっしゃん、その顔の傷はどうしたんだいねえ。ひでえ傷だよ」

「そりゃあ、おめえがやったんじゃねえっきゃあ」

「あたしが？　なにをおかしなこと言ってるんさあ。あたしが引っかく訳がないじゃないの」

年子のやつ、全然覚えていねえんきゃあ。おめえがゆうべ、いつもみてえにおれの悪口言って、おれの顔を引っかいたんじゃねえっきゃあ。

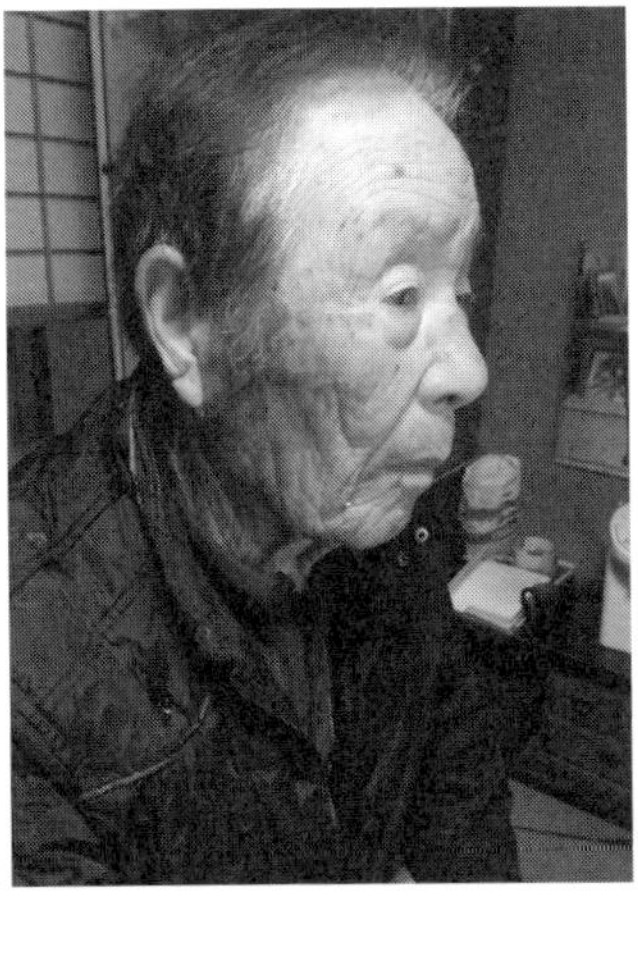
本当のことは言えねえさあ

でもよお。こんなこと、東京からきた若い衆には言えねえやい。ここは役者になって「自転車で転んだ」って言うしかねえやい。

年子がなんで引っかいてきたか知らねえけど、男はつれえなあ、ほんとに。役者にならねえといけねえ時があるんさ、誰にもよお。

男は役者にならねえとなあ

9 ついに

◉きのうまで名前を書けたのに

「農協の女の子がなんか紙を持ってきたぜえ。この紙に、なんか書くんか？
おれの名前か」

「そうだい。たけっしゃんの農業者年金っつうんが月にいくらか振り込まれらあ。それの書類だい」

「ええっと、『きべたけし』って書きゃあいいんだいなあ。どんな字だったたっけなあ」

「ついにこういう日がくる訳だなあ。きのうまで、少なくとも自分の名前は漢字で書けたのに。それと住所もなあ」

自分の名前の漢字が、浮かんできねんさ。弱ったいなあ。

名前を書けばいいんかい

「どんな字か、忘れっちゃったい」

「どんな字って言われたって……、弱ったなあ。まあ、いつもみてえに書いてみないね」

「うーんと、『き』かあ。こんな簡単な字だったいなあ。『べ』っつうんも、こんな感じだったんじゃねえっきゃあ」

「ああ、『き（木）』は読めらあ。なんとかな。『べ（部）』はちっとなあ……。『部』の字の左側は合ってるけど、右側は違わいなあ。『たけし（健）』は……、ダメだい。『健』のつもりで『部』とほとんど同じ字を書いてるじゃねえっきゃあ。これじゃあ、農協が受け取ってくれねえやい」

ダメだって言われたって、しょうがねえがな。

「たけっしゃんよお。これじゃあダメだい。おれが『木部健』って別の紙に書いたからよお。これ見ながら、間違えた字の横にもう1回書いてみないね」

「なになに、おめえが書いた通りに書きゃあいいんかあ？　相変わらずへたっくそな字だなあ、おめえは」

「うるせえよ。余計なへらず口たたいてねえで、おれが書いた字の通りに、ここへ書いてみてくれや」

「ほれ、今度はどうだい。合ってるだんべえ？」

「まあ、なんとか合格じゃあねんかい。職員さん、こんな署名でいいかい？」

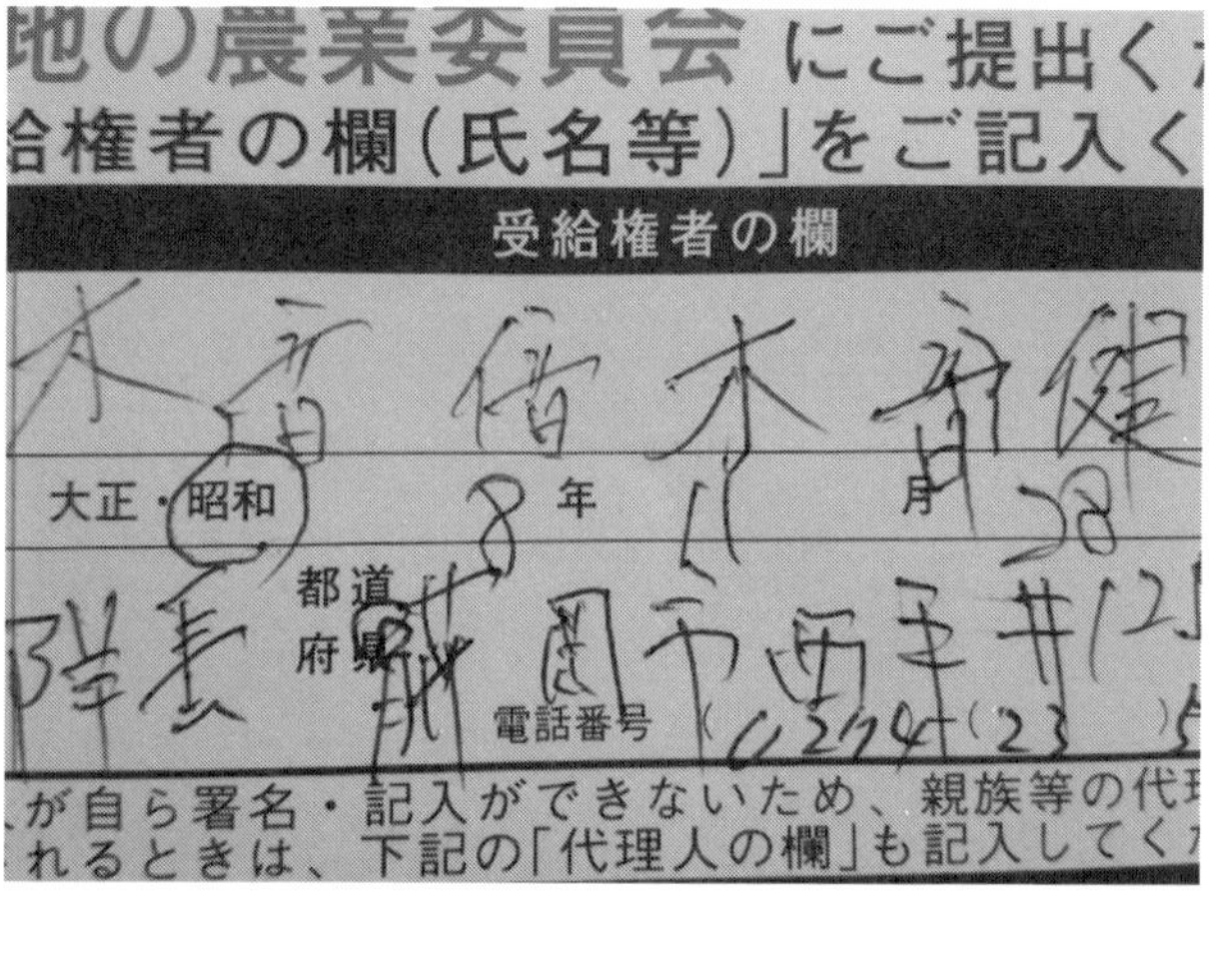

左側の字は「木部健」とは読めねえなあ

ちょっと見てくんないね」

「ええ、大丈夫ですよ。木部さん、ちゃんとお名前を書いていただきましたよ。まだまだ、お達者ですね」

「おねえちゃん、見え透いたお世辞を言っちゃあいけねえよ。まあ、いくつになってもほめられりゃあ、気持ちがいいけどなあ」

◉みんなんちに配るんだい

「餅をついてよお。みんなんちに配る日だがな、今日は」

「たけっしゃんよお。そんな日っきゃあ、今日は？　なんかめでてえことでもあったんきゃあ」

「そんなんじゃあねえけど、みんなんちに配る日だい」

「そんな年中行事があったっけかなあ？」

「まあ、餅をつくんは面倒だからよお。店に行って、菓子でも買って配りゃあいいがな。ひとつっつ、こんな入れもんにへえったやつを」

「なんだあ、その空の入れもんは？　プリンかあ？『森永たっぷりプリン』って書いてあるなあ」

これえ、近所に配るべえ

「なんだか分からねえけど、甘くってうんめえやい。でっけえから食いでがあるしよお」

「………」

「これえ、いっぺえ買ってきてひとつっつ近所に配りゃあ、みんなが喜ぶがな」

「こないだは押し入れのふすまを外して居間に置いて、その上に花瓶を飾って盆棚みてえなもんを急につくったいなあ。今度は配りもんかあ。隣近所に物を配る年中行事ってあったっけなあ?」

「なんだか知らねえけど、みんなんちがどこもこうしてらあ」

「うそべえ言うない。どこんちだってやっちゃあいねえやい。にわか盆棚の時もそうだけど、今度は、なんの夢を見たんだやあ? そうかあ。夢を見たんじゃなくて、あんたたちはもしかしたら、夢の中に住んでいる人なのかもしれないなあ。今はそこから抜け出しておれの前にいるんかなあ」

あんたは夢の中に住んでるんかい?

◉新聞の名前が変わるんかい?

「たけっしゃんがボケーっとしてるから、あたしが新聞読んで聞かせてるんさ

あ」

「そうっきゃあ。新聞読むんは頭の体操になっていいぜ」

「そうだろう。たけっしゃん、よく聞いてりいな。この新聞を読んでやるから」

「そりゃあいいなあ。たけっしゃんよお、耳の穴あかっぽじってよく聞いたほうがいいぜ。あれえ、ちっと待ちない。こらあ、ちっと前の新聞じゃねんかい。4月2日の新聞だ」

「ほれ、新聞の名前が変わるって書いてあらあ。5月っから『令和新聞』って名前になるってさ」

「……？」

「社長さんが発表してらいねえ。この社長さんの名前はなんてんだい？」

「その写真が社長っきゃあ。なんつう名前だい？」

「待ちなよ。記事に書いてあるだんべえ。なになに、難しい名前だねえ。『かん』さんっていうんかい？」

「『かん』じゃあ、何年か前の総理大臣だい。その字は『すが』って読むんだい。それに、その写真の人は新聞社の社長じゃあねえやい。政治家さんだい。ほれ、群馬でも昔、福田赳夫さんとか中曽根康弘さんとかいった総理大臣がいたんべえや」

「令和新聞」になるんかい？

「いたいた。あたしは会ったこともあるよ、選挙ん時に。小渕さんとか、赳夫さんの息子の康夫さんも総理大臣だったろう?」

「よく覚えてるじゃねえかい。3分前のことは覚えてねえくせに、昔のことは覚えてるなあ」

「そうかい」

「写真の『すが』さんは総理大臣じゃあねえけど、その次にえれえ政治家さんだとよ。その人が発表してるんだい。新聞の名前が変わるんじゃねんだよ。ほれ、昭和とか平成っつう言い方があるだんべや。その平成が5月っから令和になるんだい」

「そうかい。新聞の名前が変わるんじゃあねんだね。平成が変わるんかあ。それで大騒ぎしてるんかい」

「ああ、そうだい。新聞は毎朝読めっつってるじゃあねえかい。一番表のページの上のほうに『何月何日何曜日』がでっかく書いてあらあ。それだけでも見ろって。まいんち読めば、年とってもぼけねえらしいぜ」

「ああ、そうだいねえ。ぼけちゃあ大変だからねえ」

「ああ、その通りだ……」

新聞を毎朝読めばぼけねえぜ

◉大根が袋に入らねぇ

畑でとった大根を洗ってなあ、ビニールの細長い袋に詰めるんだい。そうしねえと、直売所に持って行げねんさあ。

「おっかしんだい。ビニール袋に大根が入んねえんだ」

「どうしたんだや。細なげえたって袋なんだから、片っ方が入り口だがな。指でさわりゃあ、分かるだんべえ。きのうまでサッサと袋詰めしてたじゃねんかい」

「そうなんだよなあ。だけどよお、大根が袋にへえってがねんだい」

「そうかあ。ほれ、袋の入り口広げて持ってるから、大根を入れてみないね」

「ああ……、おっかしいやいなあ」

「たけっしゃんなあ。今日は老人クラブの昼飯会だがな。のんびりしてられねえぜ」

「そんなんがあるんきゃあ」

「9時にはむけえのバスがくらあ。それまでに袋に詰めて、直売所に置いてきなきゃなんねえよ。さっさと朝飯食いないね」

そうだい。早く朝飯食って、大根を持って行がなくちゃあなあ。

袋詰めが難しいんだい

この間まではできていたのになあ

「なんだやあ、朝飯もあんまりうんまくなさげだなあ」

「なに、そんなこたあねえよ」

「あれえ、オイルヒーターの灯油がもうねえやい。あとで、裏庭のでっけえタンクから入れといてくんないね」

「油だあ？　どうやって入れるんだよ」

「ヒーターの灯油タンクが空になるたびに、たけっしゃんがやってることだがね。どうしたんだい。分かんねえかい？」

「ああ。どうやったらいいか分かんなくなったい」

「そういやあ、こないだ、空になった灯油タンクが上下さかさまにヒーターにセットしてあったいなあ。あらあ、どうしていいか分かんなかって『お手上げ』のサインかあ？」


今日も大根がうんまくビニール袋に入らねんさあ。面倒くせえから、袋に入れるのはやめだい。いいやい。セロテープみてえなもんでくくっときゃあ。

「なんだやあ、でっけえ大根を3本っつ粘着テープで縛ったんかあ。10束はあるぜえ。30本だいなあ。この大根はどうするんだやあ？」

「直売所に出すやつだい」

「寝ぼけたこと言うない。まいんんち、1本っつビニール袋に入れて持ってってって

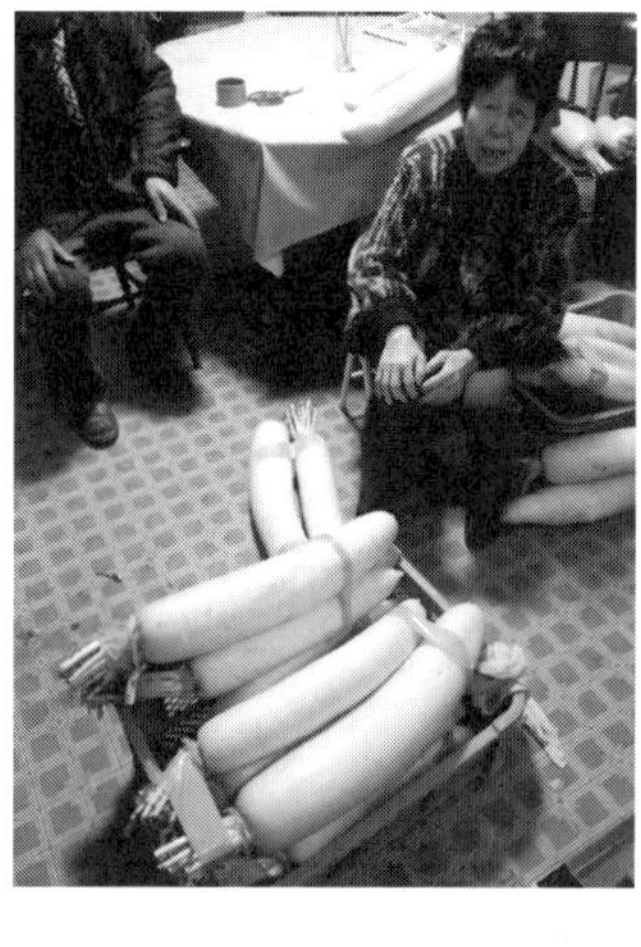
直売所の職員さんがたまげらぁ

るだんべえ」

「へえ、そうっきゃあ。おらあ初めて聞いたい」

「まあ、好きにすりゃあいいけど、これはビニール袋に詰め直すべえや。直売所の職員さんがたまげちまわい」

◉ひとりで着替えられねえ

湯に入るんはいいんだよ。さっぱりするからさあ。でもなあ、その先が困るんだい。

「ああ、いい湯だった。あったまったけどよお。風呂から上がったら、どれから着りゃあいいんだい、なあ?」

「なんだい、たけっしゃん。長袖のシャツ着てイスに座ってたってダメだい。シャツの前に、長袖の肌着だんべえ。それよか、まず紙パンツはいてよお。そん中にパッドつけべえや。長袖シャツ着て、下半身は素っ裸っつうんも、しまらねえやなあ」

「そおっきゃあ。どれから着りゃあいいんだか分かんなくならいなあ。おおかあ着るもんがあるとよお」

「まったくよお。それじゃあ小学校低学年じゃあねえかい」

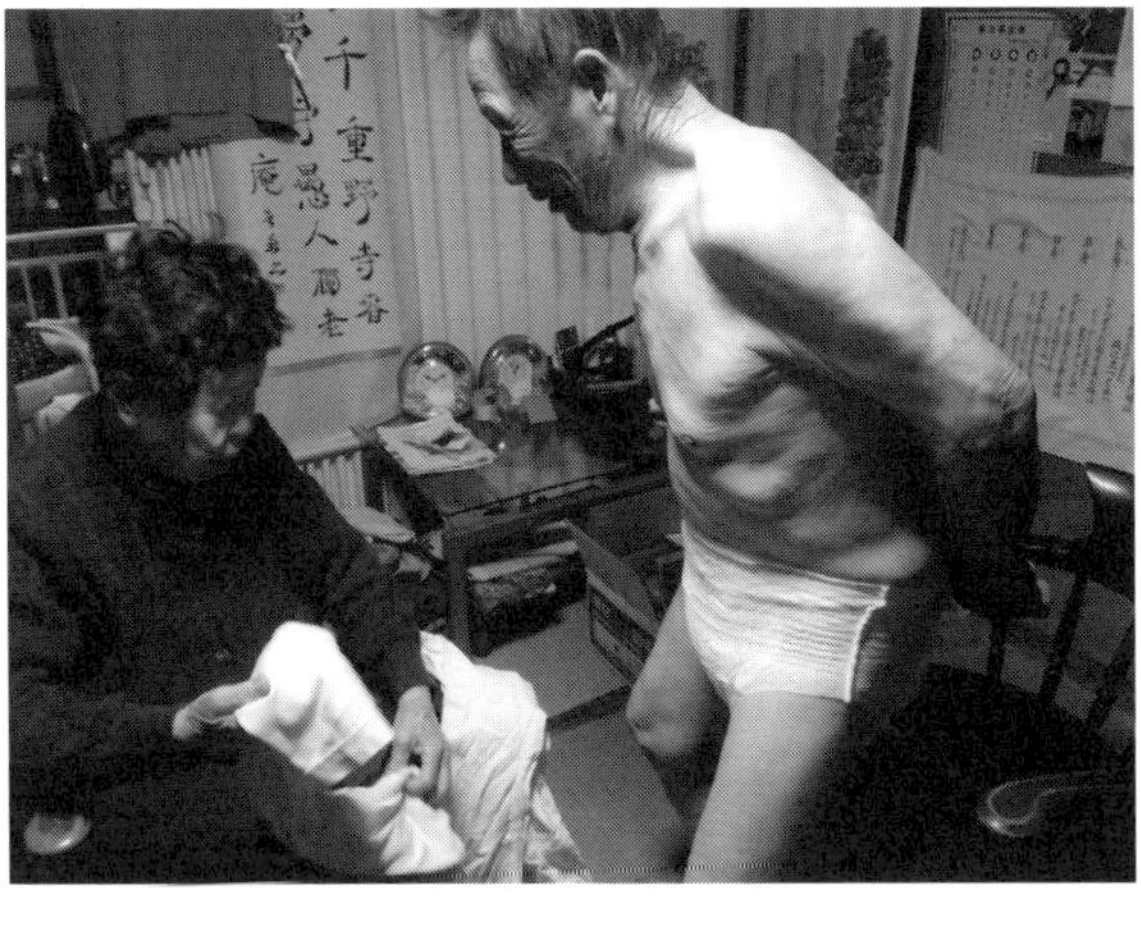

着替えは難しいんさ

息子のやつ、親に向かって小学生だっつってやがる。だけど、服の着方が分かんねえんだい。情けないやねえ。

「シャツのボタンをしめるんが面倒だいなあ。ズボン下も靴下もうんまくはけねえやい」

「着始めてから着終わるまで、もう15分もたってるがな。まあ、しゃあないやねえ」

「だって、おめえ。分かんねえもんは分かんねえやい」

「ついこの間までは、ひとりで着替えができてたんになあ。歳はとりたくねえなあ」

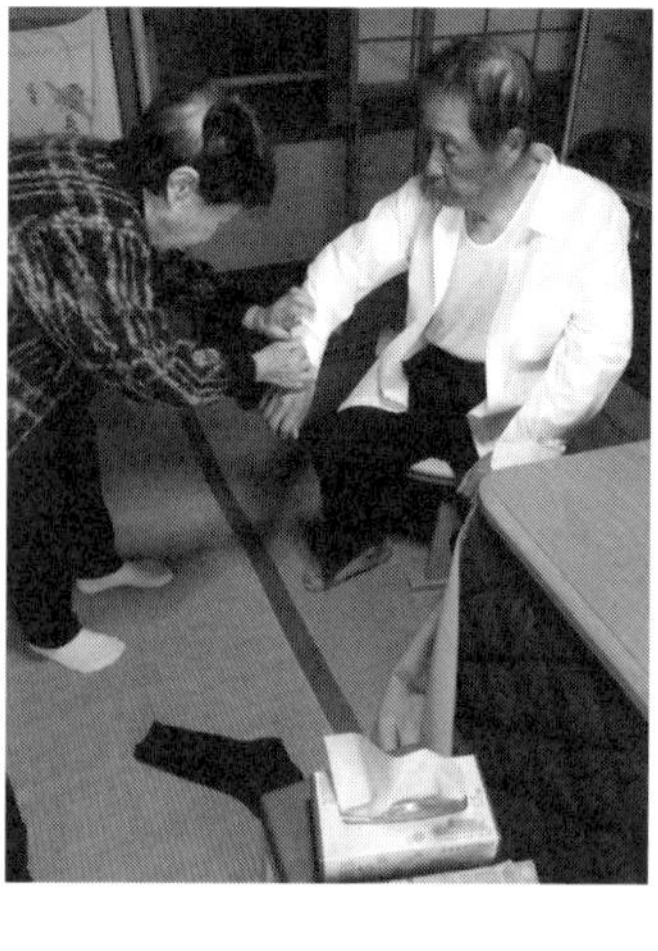
年子に手伝ってもらわねえと

◉「まだ食ってねえ」

「きのうよか、けさのほうがあったけえやいなあ。たけっしゃんよお。朝飯食ったんきゃあ?」
「まだ食ってねえ」
「そうっきゃあ。ゆうべつくっといたダシ巻き卵の皿が空っぽで流しにあらあ。たけっしゃんが食ったんじゃあねんきゃあ?」
「おれも年子も朝飯食ってねえよ」

「ふーん。じゃあゆうべのうちに卵焼きも食ったんかあ。まあ食欲旺盛なんはいいことだい」

「なんだい。卵焼きがなくなってるんか。おらあ、食いたかったいなあ」

「サラダもひと口食ってるがな。たけっしゃんだんべえ。まあいいやい。待ってな。卵をまた焼くからよお」

「そうかや。わりいなあ」

「焼けたら、サラダと飯とみそ汁と一緒に居間に持ってぐから待ってない」

「そうかい。じゃあ、飯はおれが盛らあ」

「ああ、頼まあ。ほれ、卵も焼けたから、居間に行ぐべえ」

　でもなあ、おらあいつもはご飯茶碗いっぱいに盛るんだい、自分の分はよお。おっかしいなあ。けさは、そんなに食いたくねえんさ。

「炊飯器の中の飯の分量を見るとなあ、おれがくる前に飯を一杯食ってねえっきゃあ？　まあ、腹いっぺえ食やあいいがな」

「ああ。なんだか知らねえけど、けさは飯もちっとんべでいいやい。いつもよか腹が減ってねえみてえだい」

「そうかい。そんな日もあるわなあ（あったりめえだい。さっき食ったべえじゃあねえかい。それにしても、ついにこういう事態になったなあ。短期記憶

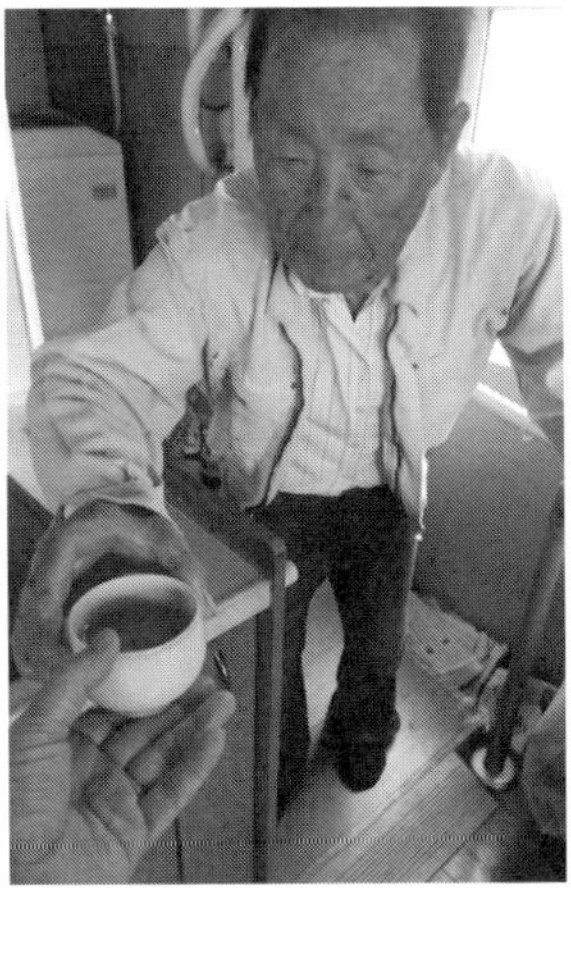
おらあ飯はまだだけど、お茶でも飲めや、ほれ

このご飯、あたしが食べたんだっけ

に関しては、たけっしゃんの場合わりとしっかりしていたのによお）」

◉女の人が「火事です」

「朝起きたらよお。台所のほうで、女の人が『火事です』ってでっけえ声で言うんだい。行ってみたら、けむが出ててなあ」

「女の人の声だあ? たけっしゃんなあ。また、おっかしげな夢でも見たんじゃねんきゃあ?」

「夢であるもんか。台所に行ってみないね」

「あれ、ほんとだ。焦げくせえなあ。だけど、どこも焼けてねえなあ。なにがあったんだんべえ」

「だって、けむだらけだったぜえ」

コンロはもう使えないかなぁ

「たけっしゃん、分かったい。流しに黒焦げの鍋があらあ。みそ汁の鍋だい。たけっしゃんが朝起きて朝飯食うんでみそ汁温めようとしてコンロのスイッチ入れたまんま、忘れてたんだんべ」

「そうっきゃあ。おらあ覚えがねえやい」

「ねえったって、黒焦げの鍋がここにあらあ。鍋の汁がなくなって豆腐だけへえったまま焦げてらあ」

「ああ、黒焦げだいなあ」

「焦げてけむが出たから、警報が鳴ったんだい。それが女の人の『火事です』っつう声なんだんべえ」

「コンロがしゃべるわきゃあねえやい。裏んちのおばさんだんべえ」

「そんなこたあねえやい。もし裏んちの人だったら、もっと大騒ぎしてらあ。安全装置が働いてスイッチが切れたんだい。その後で、たけっしゃんが鍋を流しに入れて水かけたんだんべえ」

「そうかい。おらあ覚えてねえやい」


「でもよお。火事になりゃあよかったかもしんねえなあ。家もふたりも燃えっちまやあ、おらあ楽だい」

「おめえなあ。へらず口をきくない。そういう訳にもいがねえやい」

「たけっしゃん、分かってるじゃあねえかい。そうだいなあ。それに隣近所に飛び火したらおおごとだい」

「ああ。隣んちの若い衆が家建ててるかんなあ。火い出しちゃあ迷惑がかからあ」

「ああ、そうだいなあ。あしたっから朝飯用のみそ汁のつくり置きはやめるか

火事にならなくて、よかったいなあ

なあ。俺が朝きてっからつくらあ。おれがきねえうちに飯食う時は、汁がなくってもよかんべえ?」

「まあ、なんでもいいやい」

おらあ、どっちでもいいんさあ。みそ汁がなくちゃあなんねえってこともねえし。それよか、ここにあるミカンがうんめえやい。冬はやっぱりミカンだいねえ。

でもなあ。さっきの「火事です」っつう女の人は、どこの人だんべえ。親切に知らせてくれたんだから、このミカンでも持ってお礼を言いに行がなきゃあなんねえなあ。

◉いっぺえ出らいなあ

「たけっしゃんよお。朝飯の前に、ゆうべはいた紙パンツを新しいんと取り替えべえ」
「さっき、はき替えたがな」
「嘘言うない。台所のゴミ袋に、ゆうべはいたやつが捨ててねえやい。けさ、取り替えてねえだんべえ?」
「そうっきゃあ」

水を飲むから小便も出らいねえ

「いいから、ズボンとズボン下を脱いで、取り替えないね。ほれ、ズボンを引っ張ってやらあ」

「わりいなあ」


「ほれ、いっぺえ出たんだいなあ。こんなに重てえやい」

「ずいぶんたまったいなあ」

「小便がいっぺえ出るんは、いいことだい。これが出なくなりゃあ、もう、おむけえがくらい」

「ああ、そうだいなあ」

「それにしても、夜中によく出らいなあ。昼間使うパッドは６００cc吸収するって書いてあらあ。けど、夜に使うとそれじゃあたまに漏れ出してシーツなんかが汚れるから、もっとでっけえのにしてるんだい」

「ああ。夕方つけるたんびに思うんだけど、なっからでっけえやいなあ」

「昼用の倍の１２００ccまでためられるらしいやい。一升瓶とはいかねえけど、ビールの大瓶２本分だい。よく出らいなあ」

「ああ。夜中にトイレに行がねんさあ。よく眠れらい」

「お陰で、おれの朝一番の仕事が、たけっしゃんの濡れたズボンとズボン下を洗うっつう事態が避けられてるんさ」

ズボン下を脱ぐのもひと仕事だい

紙パンツん中に、入れるじゃねえかい。ほれ、小便がたまるやつさ。「なんとかパッド」とか言うんだいなあ。でもなあ、そこから漏れ出てズボン下とかズボンが濡れてることがあるんだい。朝なんかは、よくあるんさ。それでな、息子がやたらとでっけえ「なんとかパッド」をつけろって言ううんさ。とにかくでっけえんさ、これがよお。でも、どうやら、このおかげで収まってるみてえだい。息子がしかめっ面しねえもんなあ。

　だけどなあ、腹具合の悪い時なんか、別のが出てることがあるんだい。こらあ、困らいねえ。寝小便だけじゃあなくって「寝……」ってのはなあ。

　だから、パンツを脱いじまううんさ。ズボン下まで汚してることもあるしさ。脱いだやつはどうするかって？　そこらに置くんだけど、知らねえうちにどっかに行ってらあ。誰が片づけるんだんべえなあ。それに、新しいパンツをはかなくちゃいげねえ。いつまでもケツ丸出しじゃあしまらねえやい。

「たけっしゃんなあ。新しいパンツをはく前に、ちょっとトイレに座ってみな。このボタンを押すと湯が出らい。ちょうどケツに当たるから汚れが落ちるだんべ」

「ああ、ほんとに湯が出てらあ」

「ほれ、ケツを浮かしてみな。紙でふいてんべえ」

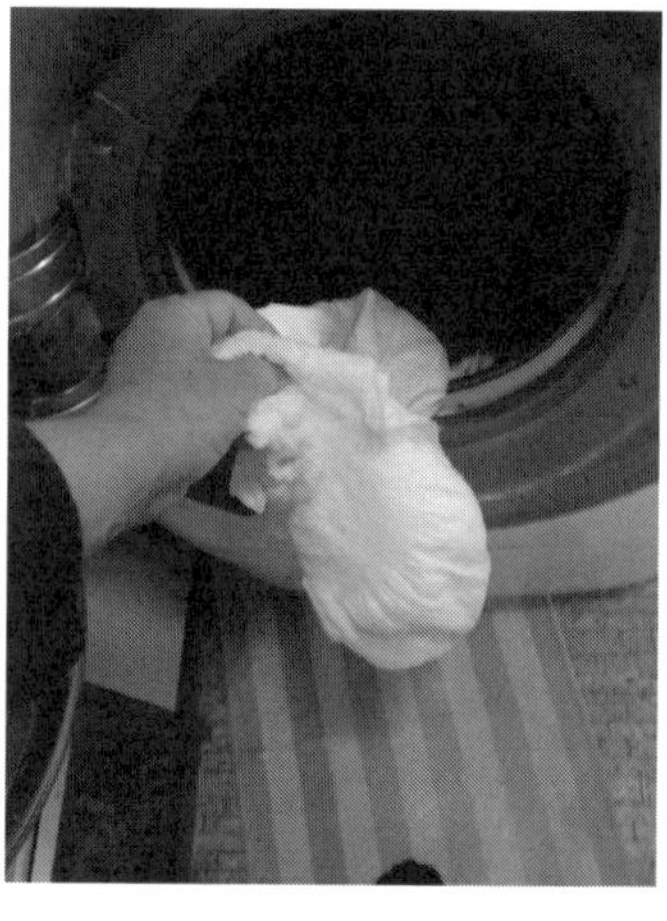

ふたりとも、脱いだ紙パンツを洗濯機に入れねえでくんない

「そうかや」

「ああ、だめだい。まだ紙に汚れがつかあ。もういっぺん湯を当てるからなあ」

湯で汚れが落ちるんだんべえ。チリ紙で拭いても、もう汚れがつかねえや。

◉ついにこういう日が

あれえ。今日も息子が晩ご飯の支度にきてくれてるよ。こうしょっちゅうきてくれるんじゃあ、申し訳ないねえ。たまにはあたしも手伝わなくちゃねえ。ちょっと台所に行ってみようかねえ。

「あんたにやってもらってばかりじゃあ申し訳ないやねえ。手伝うことはないかい？」

「ああ、だいたいできたからなあ。そこの急須でも持ってってくんない」

「分かったよ」

「うん？　ちょっと待ってくんないね。まあ失礼ながら、年子さんの紙パンツがちっと汚れてねえっきゃあ？　なんか、よくねえ匂いがするみてえだい」

「そうかい。あたしも気になってたんさ。新しいんと取り替えたほうがいいねえ」

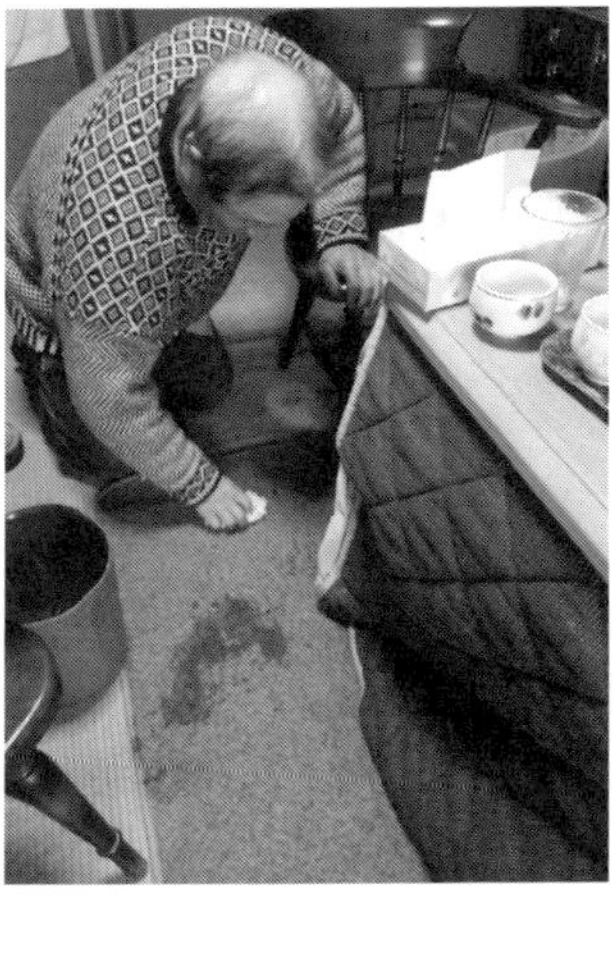

床にこぼすぐれえお茶を飲めば、出るもんも出るんだい

「じゃあ、横の風呂場の脱衣所ではき替えないね」

あらやだ。さっきからトイレみたいな匂いがどっかですると思ってたんだ。あたしの紙パンツがずいぶん汚れているねえ。早く脱いでよかったよ。あれれ、脱いだパンツを息子が持ち上げたよ。そんなことをさせる訳にはいかないやねえ。

「汚れもんをあんたに運ばせる訳にゃあいがないよ。あたしが洗うから」

「いいやい。ゴミ袋にぶちゃある（捨てる）から。年子さんにやらせりゃあ、横の洗濯乾燥機に入れちまわい」

「脱いだパンツを洗濯機に入れるんは当たり前だがね」

「まあ、今日はぶちゃあるべえ。それよか、ちっとトイレにきてしゃがみないね」

「なにをするんだい？」

「このボタンを押すと湯が出らあ。これでなあ、ちっと洗うべえや」

「ほんとだねえ。お湯が出てるよ」

「ほれ、中腰になってみない。紙でふくからよお。ああ、だめだい。まだ汚れが落ちきらねえ。もう一回座ってくんない。いまちっと洗うべえや」

今のトイレってのは、すごいんだねえ。お湯が出て洗ってくれるってんだから。まあ、他人は誰もいないからいいけどさあ。あんまり人には見せられない

おれのこんなとこ、写真に撮りやがって

ねえ。息子がよく平気でやってるねえ。普段は口うるさいことべえ言ったり、あたしがなんか言うと、すぐに怒った顔をするけど、まあまあいい子かもしれないねえ。

あれれ。たけっしゃんがのぞいてるじゃないか。よしなよお。恥ずかしいから。

「あっちへ行ぎないね。そんなとこで見てないでさ」

「年子なあ。見てるうちはいいやい。克彦のやろう、さっきはトイレの中で、ケツを洗っているおれを写真に撮りやがった」

「そうかいね。まあ、いっくら息子だからって、撮っていいもんと悪いもんがあらあね」

「なあに、心配するない！　おれも、父親のこんなところは撮れるけど、さすがに母親のは撮れねえや。大きな声じゃあ言えねえが、親のケツを洗うんも、味わい深いもんではあるけどなあ。『ついに、こういう日がきたかあ』ってな」

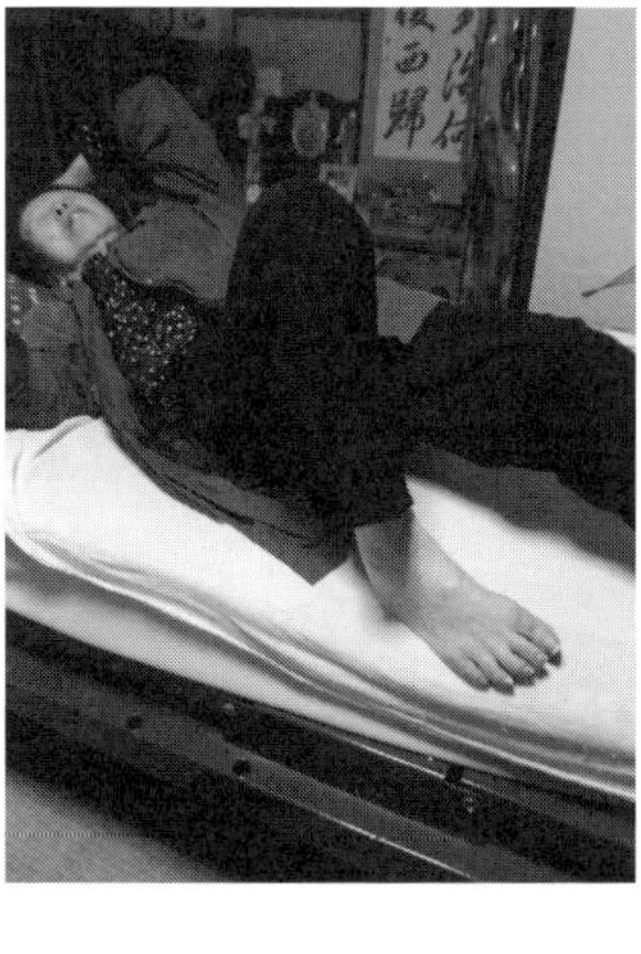

世話になりっぱなしだいねえ。やだやだ

10　夢に住む人

◉サルカニ合戦

「たけっしゃんがバラックの屋根に登ってらあ。危ねえ。見ちゃあいられねえ」

「せめてヘルメットかぶらせたほうがいいよ」

「息子さん、やめさせたほうがよくねえっきゃあ?」

「柿の木はでかくっても、もろいんさ。実をとろうとして、枝に足でもかけりゃあ、すぐにぶっかけて落っこちらあ」

「第一、あの年でバラックの屋根に登るなんざあ、正気の沙汰じゃねえよ。たけっしゃん、いいかげんに降りてきないね」

近所の人が通りかかっちゃあ、なんか言ってらい。

サッサとバラックの屋根に登るべぇ

おらあ、柿の実をもぐんに忙しいんだい。高いところにいるんだから、気が散るような声はかけねえでもらいてえなあ。

ああ、今度は下にいる息子となんか話してらあ。

「ご心配はごもっともですが、本人があれだけ楽しそうにやる気いっぱいなんだから、止めるのもなあ……。やる気をそいじゃあ、元も子もないし。困ったもんです」

「だけど、近所のあたしたちにすりゃあ、見ちゃあいられねえよ」

「まあ、その通りですよね。よさせようかなあ」

息子が大声で怒鳴ってらあ。

「たけっしゃんよお。ずいぶんたけえとこに登ってるけど、危ねえなあ。屋根の隅には行がねえでくんない。屋根だって古いんだからよお。ずっと前に、牛舎の屋根に登って、屋根の板を踏み抜いて落っこって足の骨を折ってよお。ひと月入院したことがあったいなあ」

「ああ、そうだったいなあ」

「あらあ面倒だったい。おれたちがまいんち病院に通ってよお。だから、こんだあ、落っこちる時はなあ、首からまっすぐ落っこってくんない。下は舗装道路だから固いぜえ。そのまま、あの世行きだい」

柿を取るんは楽しいやね

「おめえは、憎まれ口べえたたくからなあ。危ねえことなんかねえやい。何十年、こうやって柿の実をもいでると思っているんだ」

「おい、もうすぐ86じゃあねえっきゃあ。ちったあ、自分の歳を考えないね！」

「うるせえなあ。すぐそこの枝に、ハサミで切った実が挟まってらあ。それえとったら降りらい。ほれ、もうちっとで届かあ」

「だからよお。枝に片足かけんなやあ。柿の枝はすぐ折れるんだからよお」

「平気だい。折れやあしねえよ」

「まあ、頭から落ちりゃあ名誉だいなあ。あさっての葬式でよお、みんなにほめられらあ。『人生最後の最後の瞬間まで、元気いっぺえだった』ってよお。おれも笑顔で喪主挨拶ができらあ」

「分かったい。降りるよ」

「ああ、そうしな、そうしな。あとはおれがもいでやるからよお」

降りようと思ったんだけど、もうちっととりてえなあ。

「まだまだいっぺえあらいなあ。おらがちの柿はうんめえんさ。評判いいんだ。直売所に持ってぐべえ」

「なあ、たけっしゃん。柿は自分たちで食うか近所の人にくれてやるべえ。たけっしゃんが屋根に登って柿をとってると、近所の人が心配でたまんねえとよ」

うまく降りられねえ

「心配なんかあるもんか。おらあ、まいんちとってらい」

「ダメだい。足から落っこちりゃあ『救急車沙汰』だから面倒だい。もっとも地面に頭っから落っこちるんなら『霊柩車沙汰』になるから歓迎だけどなあ」

「おめえは口がわりいからなあ」

そろそろ降りるかなあ。

「あれえ……」

「どうしたい？」

「靴が片っぽ落っこっちまったい」

「おいおい。また、かかとをつぶして靴はいてるんかあ？　屋根登るっつうによお」

「まあ、いいやい。片っ方が裸足でもなんとかならあ」

「靴が落ちるうちはいいけど、そのうちたけっしゃんが落っこちるだんべえ」

「分かった、分かった。降りらあ。ハシゴおさえててくれや。ちっと揺れるんだい」

「ほれ、おさえてるから降りてきない」

「おお、危ねえ。ちっと揺れたい」

「落っこちたってなあ。おらあ受け止めてやんねえよ。おれがケガすんのやだかんなあ。自分でケガしてくれい」

サルからカニへ柿を

とうとう、屋根から降ろされちまったい。代わりに息子が登るんだとよ。

「まだいっぺえなってらいなあ。おれが屋根に登って、もいでくらあ。その高枝切りバサミを貸しない！」

「そうかや。じゃあ、おれが下で受け取ってやらあ」

「そうかい。そりゃあありがてえや」

「ほれ、早く柿をとれや」

「楽しそうだいねえ、たけっしゃん。柿の実い受け取るんが、そんなにうれしいんきゃあ」

息子のやつ、のうがきばっかりで、なかなか柿をとりやがらねえ。じらすこたあねえじゃねえっきゃあ。

「まあ、柿なんぞ、特別にうまいもんでもないだろうがなあ。どれ、ひとつかじってみるか。おお、意外にうんめえ。うん、なかなかいいやい。うんめえやいなあ。こらあ、たけっしゃんも喜ぶ訳だい」

「なんだやあ、おめえひとりが食ってるんきゃあ。なっからうんまそうに食うじゃねえっきゃあ」

「ああ、うんめえやい。こらあ、たけっしゃんにやるのはもったいねえ。おれが全部家に持ってけえらあ」

ほれ、ちゃんと受け取ってくれい

「なにをしゃじけたこと言ってるんだやあ。おれんちの柿だがな。息子だからって、全部持ってっていい訳がねえやい」

「こうやって木の上で自分だけ食ってると、『サルカニ合戦』のサルになった気分だいねえ。すると、たけっしゃんはカニかあ。ずいぶんでっけえカニがいたもんだ」

「なんだあ？　カニだと？　なにを訳の分かんねえこと言ってんだやあ、おめえはよお」

◉小さな奇跡

「秋の品評会に、畑の大根を出したらよお。藤岡市長賞っつうんになったんだとよ。一番いい賞らしいやい。よそんちも、いい野菜が出てたんに、おれのが一番いいんだと」
「たしかによかったい。太くって、長さも60センチを超えてたいなあ。もちろん、味もいいけどよお。だけど、よそんちの大根もいいぜえ。審査員はどこを見て、たけっしゃんのが一番だって言うんかなあ。まあ、小さな奇跡だいねえ」
「畑の土がいいんだいなあ。今年大根つくった畑は、20年も使ってなかったの

なにごとも「宣伝」だよね

を借りたんだい。その間、牛を飼ってる人がたい肥を入れ続けてたから、土がうんとよくなったんべえ」

「なるほどねえ」

「普通の畑は固い土を鍬で掘って大根を抜くんだい。それがなあ、片手で葉っぱをつかんで引っ張れば、スッと引っこ抜けるんだから、よっぽど土がいいんだいなあ。このあたりじゃあ、そんな話は聞かねえやい。だから一等なんだよ」

「たしかに、葉っぱつかんで引っ張りゃあ、簡単に抜けるから、おれもおもしろくってしょうがねえや」

「賞をもらったんだから、きのうまでよりかいっぺえ売れるだんべ。直売所に並べる宣伝チラシをつくるべえや。何事も宣伝しなけりゃ、売れねえやい」

「そりゃあ、いい考えだ。たけっしゃんがでっけえ大根を抱えて笑ってる写真を撮るべえ。それを使ったチラシにすりゃあいいやい。『藤岡市長賞（最高賞）受賞　木部健の大根』っつって、目立つように大きな字を書いてなあ。さっそくパソコンでつくってくらあ」

　それでなあ。市長賞の表彰式があるんだそうだい。その日は、朝から年子も大変だい。

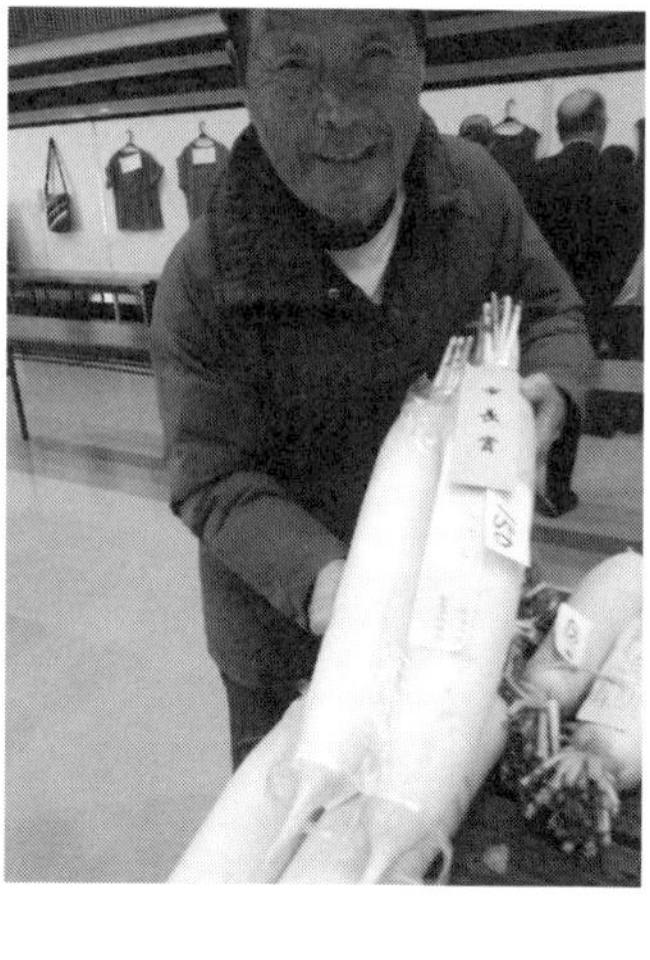
これが市長賞の大根だい

おめかしするんには、ひげそりだあ

「たけっしゃん。今日は表彰式だい。晴れ舞台だから背広で行ぎないね！　いつもの畑に行ぐ格好じゃあなくてさあ」

「そうっきゃあ。服なんかなんでもよかんべえ」

「なんでもよかあないよ。変な格好で行げば、あたしが笑われるがね。それに、ヒゲが伸びてるよ。きれえに剃ったほうがいいやいねえ」

「そうっきゃあ。じゃあカミソリがあるから、鏡の前でそってんべえ」


表彰式には年子とその妹と息子夫婦の５人で行ったんさあ。２００人ぐれえの人が集まってたぜ。こんな中で、おれのが一等賞たあ、我ながらたいしたもんだいなあ。市長さんから賞状もらうなんてことは、生まれて初めてだい。

「ほれ、盛大なもんだい。表彰される人と家族がいっぺえきてらあ。めかしてきてよかったいなあ」

「そうだいなあ。農協の集まりも、ここ何年かきてねえから、大勢の人の前に出るんは久しぶりだい。あれえ、あっちに座ってる人は知ってる人だい。誰だったたっけなあ。ほれ、近づいてくるぜ」

「木部さん。ご無沙汰だいねえ。市長賞らしいね」

「ええっと、誰だったたっけなあ？」

「ほら、昔一緒に農協の役員をやった斉藤だがね。覚えてねえんかい」

妹と義弟と３人で表彰だ

「わりいけど、名前が浮かんできねえや」

「そうかい。まあ、いいやい。達者で野菜つくってるんじゃあ、安心した。奥さんも元気そうじゃあねえかい」

「年子かあ？　あらあ、ダメだい。息子に聞いたら、脳のほうの病気なんだとさ。訳の分かんねえことべえ言って困らい」

「たけっしゃん、ほら、もう表彰式が始まるがね。ちゃんと前に進めるんかい？　まったく、あんたは脳の病気だっつうんだから、情けないやねえ。あたしがついていなけりゃあ、服の着替えも満足にできねんだから」

「年子なあ、なにバカなこと言ってるんだや。病気なんは、おめえのほうだがな。ほれ、息子が笑ってらい」

◉帰り道が分からねえ

あれえ。おらあなにしにきたんだんべえ。ああ、そうだ。野菜の苗を買うんだったい。ここは、しょっちゅうくるのよりちょっと遠いとこにある直売所だもんなあ。
だけど、どうやって、ここにきたんだんべ。
「木部さんお久しぶりですね。今日は買い物ですか？」

直売所じゃあ、いろんなもんを買うんさ

「ええっと、あんたは誰だったんべねえ」

「ええ？　私のこと忘れちゃったんですか？　直売所の職員ですよ。もう何年も、よくお会いしてるじゃないですか」

「すまねえなあ。名前が出てきねえやい。第一、おらあどうやってここにきたんかねえ」

「どうやってって、ほら、事務所の横に三輪自転車がありますよ。あれ、木部さんのでしょう？」

「そうかあ、自転車できたんかあ。だけどどの道きたんかねえ。どうやってければいいんだんべえ」

「ええ？　分かんないの？　でも大丈夫よ。事務所で息子さんの電話番号聞いてるから。電話してあげるわよ」


「もしもし、こちら直売所のＪＡグリーンですが、木部健さんの息子さんですよね」

「はい、いつも健がお世話になっています。なにかやらかしましたか？」

「さっき、ここへ自転車でいらしたんですが、『どうやって家に帰ったらいいか分かんなくなった』っておっしゃってまして」

「申し訳ありません。20分で行きます。それまでそこにいろと本人に言ってく

木部さん、元気ですねえ

ださい」

女の職員さんが息子に電話しているみてえだい。

職員さんが「息子さんがきてくれるって。ここにいてほしいって言ってましたよ」っつうから、ここに座って待ってなきゃあなんねえなあ。そうだ。野菜の苗を買いにきたんだったっけ。苗はどこに置いたんべなあ……。


あれえ。あっちの車から降りてくるんは、息子と嫁さんじゃあねえかい。あいつら、なんでこんなとこにきたんだんべえ。直売所に野菜でも買いにきたんかなあ。水くせえやい。おれの畑の野菜を持ってぎゃあいいんになあ。

「たけっしゃんなあ。職員さんが電話くれたんだい。帰り道が分からなくなったんかあ?」

「なんかよお。頭ん中がボーっとしてよお」

「まあ、いいやい。助手席に乗りない。かみさんが運転するから、家に帰るべえや」

「おめえ、自転車どうするんだやあ?　ここに置きっぱなしにする訳にはいがねえぜ」

「いいやい。おれが乗ってけえるから。30分ぐれえでつくがな」

まあ、息子は若いんだから、自転車でけえらせりゃあいいかなあ。

苗を買ってぐべえ

「たけっしゃんなあ。自転車で遠出しねえでくんない。三嶋様んとこの畑ぐれえにすべえや」

「そうかや」

「自転車でよろけて車にはねられでもすりゃあ、お陀仏だい。たけっしゃんは『人生最後の日まで元気いっぱいだった』って葬式でみんなにほめられるからいいけど、はねた車の人がおやげねえがな。年寄りを死なせちまうんだからよお。寝覚めがよくねえぜえ」

「ハハハ。おらあ車にはねられたりしねえやい。まあ、早くけえってお茶でも飲むべえや」

◉店がねえやい

きのう買った野菜の苗は植えたんだけど、肥料が足んねえやいなあ。そうだ。金井の農協の事務所に売店があったっけ。自転車で行ぎゃあすぐだい。ひとっ走り行ぐかなあ。
おれんちがある西平井から、ひとつ奥にある金井まで、自転車で20分もあれば行げるだんべえ。どうっつうこたあねえやい。
あれえ、道端にいる女の人が、なんかでけえ声出してらあ。

一生懸命に植えなきゃなあ

「木部さん、自転車でフラフラしちゃあ、危ねえよお。この県道は歩道がねんだからさあ。降りたようがいいよお」

「大丈夫だい。おらあ、慣れてるからよお」

なにを余計な心配してるんだんべえ。どこの誰が知らねえけど。

「あれえ。このへんに農協の店があったんだけどなあ。おっかしいやいなあ。店なんかねえやい。しょうがねえから、いつもの直売所に行ぐしかねえやい」

そうだよ。この県道を左に曲がってしばらく行ぎゃあ、東平井の信号にぶっつくはずだい。そこからいつもの直売所まですぐだい。


困ったい。おらあ東平井の信号のとこにいるんだけど、なんでこんなとこを自転車で走ってるんだか分かんねえんだい。

「あれえ。おらあなんでここにいるんだんべ？　それにしても自転車こいできたからくたびれたいなあ。汗びっしょりだし。早く家にけえるべえ」

遠くに見えるのが浅間山だい。あれをめざしてげば、家まで行げらあ。

「向こうにあるんが、いつも菓子やパンを買う店だい。この坂を登りきって曲がりゃあ、もう家だい」

「もしもし、克彦さん？　義兄さんが家にいないでしょう？」

苗を植えたら肥料をやらなくちゃならねえ

「叔母さん、おはようございます。そうなんだよ、いないんだよ。自転車がねえから、三嶋様の畑じゃねんかいねえ」

「それがね。近所の人が見たんだって。金井のほうに行ぐ坂道を自転車で下っていく義兄さんを。声をかけたんだけど、そのまま走っていっちゃったって」

「本当？　2日続けてやらかすかあ……」

「とにかく、あたしとだんなで、金井のほうへ車で探しに行ってみるからさあ」

「そうですか。じゃあ、年子さんをどんぐりの木に送り出した後、僕も叔母さんちのほうから金井のほうへ走ってみますよ。今日はたけっしゃんもどんぐりに行ぐ日なんだけど、姿が見えないからカリカリきてたんさ」

「まあ、なんにもないと思うんだけどね」

「叔母さん、今気がついたんだけど、玄関脇にメモ書きがあった。たけっしゃんだよ、この字は。『今日は出席できません。よろしくお願いします』って読めるよ、これ。どんぐりの職員さんへの伝言だよ、きっと」

「やっぱりねえ。どっかに出かけたんだよ」

「叔母さん、下り坂の所に川があるがね。そこに落ちてなきゃあ、どっかで休んでるさ。まあ心配したって仕方がねえよ」

「そんなこと言うけどさあ……」

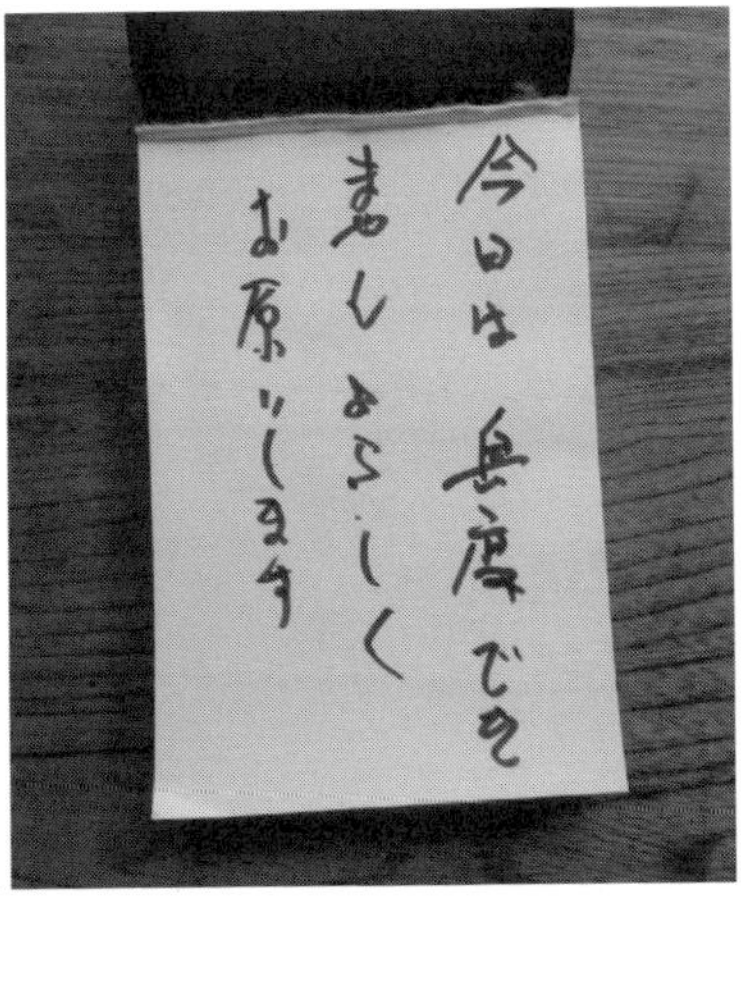

これ、「欠席」の伝言だよね

あれえ。むこうのゴミを出す小屋んとこにいるんは、息子じゃねえかい。こっちを見て手え振ってらあ。なんかでっけえ声で言ってるし。

「おお、たけっしゃんよお。どこ行ってたんだやあ。遠くまで行ってたんかあ?」

「あちい、あちい。汗びっしょりだい。金井に行ったんだけどなあ、農協の売店がねんさあ」

「そりゃあ、ねえだんべえ。店があったんは、おれが子どもの頃じゃあねんきゃあ」

「そうっきゃあ」

「まあいいやい。家にけえってなあ、お茶でも飲んだほうがいいぜえ」

「ああ、そうすべえ」

家に帰ってきたけど、汗びっしょりだから、着替えなきゃなんねえし、のどもカラカラだ。

「おれがお茶でもいれらあ。台所からあれえ持ってくりゃあいいんだんべえ」

「あれっつうのはなんだい? ああ、電気ポットかあ?」

「そうだい」

暑くってくたびれたい

さっさとお茶を飲みてえから、おれが台所からポットを持ってきたんさ。重てえから、お湯がいっぺえ入ってらい。

「このボタン押せば湯が出るだんべ？　あれえ、いっくら押してもお湯が出ねえやい」

「たけっしゃん、ダメだい。電源コード外してポットだけ持ってきたって、湯は出ねえよ」

そうかや。電気が通ってねえと急須にお湯を注げねえんかあ。

「おめえよお。こうすりゃあ、お茶が飲めるだんべえ。これえ茶碗ですくって飲みゃあいいがな」

「たけっしゃん、すげえなあ。電気ポットん中にお茶っ葉放り込むなんてよお。中のお湯が茶色くなってきてらあ」

「そうだんべえ。これを茶碗ですくって飲みゃあいいがな。おお、うんめえ。ちゃんとお茶になってらあ。ほれ、おめえの分はおれが注いでやったい。飲みないね」

ポットにお茶っ葉を入れりゃあいいがな

◉危ねえ

「もしもし、木部健さんの息子さんですか？　ＪＡグリーンです。木部さんが

自転車できてますが、このまま帰していいですか？　それとも……」

「申し訳ありません。たまたま近くを車で走っています。10分ほどで行けますから、そちらで捕まえといてください」

「そうですか。おーい、木部さんはまだいるかあ？　ええ？　もうどっかに行っちゃったんかい。すいません、息子さん。もう自転車で行っちゃったそうです」


キャベツと白菜の苗を畑に植えたくなってなあ。ちっと遠いけど自転車できてみたんだい。前にも、ここまできて帰り道が分かんなくなったことがあったかもしんねえなあ。

だけど、このあたりは昔はしょっちゅう車で走ってたんだい。たしか、そこの建物の脇の細い道を曲がってぐと、田んぼがあって、広い道に出るんだい。後ろのほうで誰かが怒鳴ってるけど、まあ、いいやい。話し込むと面倒くせえから、さっさと行っちまうべえ。


だけど、弱ったなあ。あたりがどんどん暗くなってきてなあ。どっちに向けて走ってるんか分かんねえやい。でっけえ道路の脇に土手があって、その横を走ってるんだけど、覚えがあるようなねえような。

自転車で遠出しねえでくれよ

それに、白転車のライトをつけねえと危ねえやいなあ。だけどライトなんてどこにもついてねえやい。ポンコツだいなあ、この自転車はよお。

おお、危ねえ。後ろからでっけえ車やトラックが抜いて行ぐじゃあねえかい。いまちっとゆっくり走ってくれりゃあ、いいんになあ。ひかれっちまわい。あれえ、おれを抜いてった車が止まってらあ。誰か降りてきたぜえ。誰だんべえ。暗くって分からねえやい。

「たけっしゃん、止まりな、止まりな。真っ暗で危ねえやい。自転車降りて、おれの車に乗りない」

「なんだやあ、克彦かあ。おめえなにしてるんだやあ」

「直売所の人から電話があったんだよ。また、帰り道が分かんなくなったんだんべえ。どうせ、この道をフラフラしてると思ったら、当たったたい。早く助手席に乗りな」

「車に乗れっつったって、おめえ。自転車どうすんだやあ？」

「鍵かけてなあ。道路脇の空き地に置いとくべえ」

「自転車置いたまんまでけえるんかあ？」

「ああ、そうだい。家にけえってから、叔母さんにでもここまで車で連れてきてもらわい。おれが自転車こいでけえりゃあいいやい」

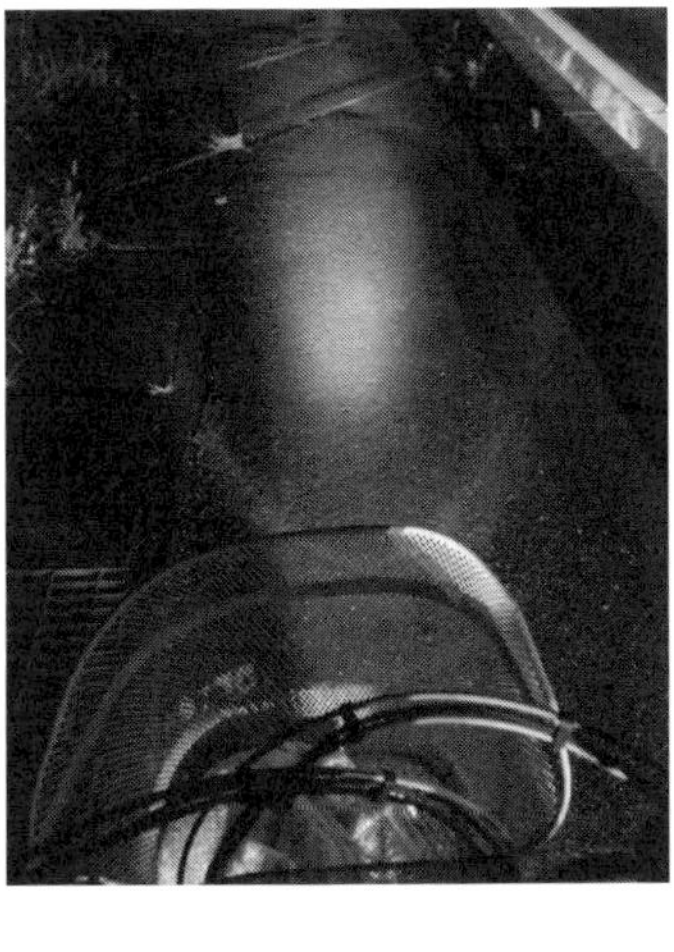

うわ、暗くなったら危ねえ

「そうかや。まあ、任せらあ」

「なあ、たけっしゃん。こないだも言ったいなあ。自転車のたけっしゃんが車にひかれて死んだって、『人生最後の最後まで元気バリバリだった』って、葬式でみんながほめらあ」

「そんなもんきゃあ」

「だけど、たけっしゃんをはねた車を運転してた人はたまんねえやい。一生『年寄りをひき殺しちまった』っつって悩むんだい。こらあ、おやげねえやい。だから自転車の遠出はよすべえ」

「なんか、分かんねえことを言うやつだいなあ。それよか、自転車にライトをつけてくれや。寝言を言うない。危なくてしょうがねえやい」

「寝言を言うない。このスイッチを押せば、ライトがつかあ。ほら」

「あれ、本当かあ？　いまちっと早く言ってくれよ」


でもなあ。もう何年も使っていた自転車が、こないだなくなったんさあ。あれがねえと、遠くの直売所とか農協に行げねんさあ。困らいなあ。だから、息子に聞いたんさ。

「自転車がなくなったみていだい」

「ああ。あれかあ。こないだ、警察の人におれが呼び出されたんさあ。たけっ

自転車は警察がダメだってさ。このカートで畑へ行ぎない

しゃんは、警察じゃあ有名人らしいぜ。自転車で県道を走っていて、赤信号を平気で突っ切ったり、フラフラ走っていて、うしろの車が追い越せないから列になったり」

「だからどうしたんだい」

「だからよお。こういうご時世だから、警察が調べりゃあ、たけっしゃんが病気治療中で、運転免許も返したってことはすぐに分かるんだい。それでな、『病気の人が自転車で県道を走るなどもってのほかだ』っつってなあ、自転車を持ってっちまったんだい。おれも、警察には逆らえねえや。だから、ショッピングセンターの買い物カートを1台もらってきてやったんさ。自転車の代わりに、これを押して、三島様の畑に行ってくんないね」

ほんとっきゃあ。おらあ、自転車で走っちゃあいいげねんかあ。

何年か前は、車を運転しちゃあいげねえって言われたり、今度は自転車もダメかあ。めんどくせえ世の中になったいねえ。

◉ミカン、持ってけえりゃあいいがね

食卓の上にミカンがいっぱいあるよ。ひとつ食べたけど、なかなかおいしいがね。誰が持ってきてくれたんかねえ。でも、こんなにおいしいんだから、息

ミカンはおいしいよ

子に持たせようかねえ。

「甘いねえ、このミカン。いっぺえあるから、その袋ごと持ってけえりゃあいいがね」

「年子さんなあ。このミカンは、おれが買ってきたんだい。箱で買ってよお。半分2人に置いてぐんで袋に入れたんだい。おれんちの分は車にあらい」

「なんだい、そうだったんかい。じゃあ、これを持ってけえってもらう訳にゃあいがないねえ」


たけっしゃんが買ってきたんだろうけど、ミカンがたくさんあるんさ。なかなかおいしいから、息子に持たせてやらなきゃねえ。

「甘いねえ、このミカン。いっぺえあるから、その袋ごと持ってけえりゃあいいがね」

「年子さんなあ。3分前に言ったんべ。このミカンは、おれが買ってきたんだい。箱で買ってよお。半分2人に置いてぐんで袋に入れたんだい。おれんちの分は車にあらい」

「なんだい、そうだったんかい。じゃあ、これを持ってけえってもらう訳にゃあいがないねえ」

ああ、冬はミカンだいなあ

冬はやっぱりミカンだいねえ。なっから甘いミカンだこと。こりゃあ、息子に持たせなくちゃねえ。

「甘いねえ、このミカン。いっぺえあるから、その袋ごと持ってけえりゃあいいがね」

「おい、年子よお。さっき言ったがな。こらあ克彦がおれらに買ってきてくれたミカンだがな」

「そうだい。年子さんなあ。このミカンは、おれが買ってきたんだい。箱で買ってよお。半分2人に置いてぐんで袋に入れたんだい」

「なんだい、そうだったんかい。じゃあ、これを持ってけえってもらう訳にゃあいがないねえ」

「だからよお、持ってけえる分は車ん中にいっぺえあるって言ってるがな。こういうのを『無間地獄』っつうんだんべなあ。毎日こんなことの繰り返しで慣れっこになってるはずなのに、つき合ってるとやっぱりくたびれらいなあ」


あれえ。なんか息子がカリカリきてるような顔つきだよ。おっかしいねえ。ミカン持ってけえれって言ってるだけなんに。ああやだ。この子は昔っからそうさ。気が短くってケンカっ早くて。

いい大人になってるのに、いつまで親に心配かけるんだろうねえ。困ったも

持ってけえりゃあいいがね

んさ。

◉やっぱり年子さんが大切かい

「これ、年子が持って行げとよ」

「たけっしゃんよお。そらあなんだい？」

「ミカンと缶詰だい。持ってけえって、かあちゃんと食やあいいがな」

「袋ん中にゃあ、それだけじゃあねえだんべえ。下のほうの新聞につつんであるもんはなんだや？」

「全部ミカンと缶詰だい」

「嘘べえ言うない。どうせ、あれだんべえ」


「ほれ、思った通りだい。いま届いたべえの弁当じゃあねえかい」

「そうっきゃあ」

「こらあなあ。おれが夕方くるんが遅くなるんで、配達を頼んどいたあんたたちふたりの晩飯だい。いま、こたつの上に並べたんべな」

「そうだいなあ」

「年子さんの分を持ってけえりゃあ、あとは大盛りっつったってけんちん汁だ

息子はなにをカリカリきてるんかねえ

けだい。それだけじゃあ、足らねえやい。年子さんは、いっつもこうやってひとつけえしやがる。こらあ、ふたりの晩飯だい。おれんちのは、おれがけえってからつくるがな。余計な心配べえしやがって」

息子のやつ、きげんが悪げだい。なんで、いつもいつも怒ったみてえな口のききようなんだんべえ。

だって、年子が「息子になんか持たせてやりなよ」ってしつけえくれえに言うんさ。今日は畑に行がなかったから、野菜もねんさあ。だから持たせてやるもんがねんだいね。そしたら、年子が言うんさ。「ここにおいしそうな弁当がふたっつあるがね。誰が買ってきたんだろう。そうだ、ひとつ持たせてやりゃあいいがね」ってさ。

でも、息子がなんか言ってるんさあ。

「この状態になっても、なんか親らしいことをしてえんだんべえ。分かっちゃあいるけど、仕事で遅くなるから用意した弁当を毎度毎度こう突っ返されると、立てたくもねえ腹が立ってくるんだい。もうちっと仕事をしてえんに、無理やりきりをつけて、すっ飛んできたんだからよお」

なんかブツブツ言ってらあ、息子のやつ、昼間いやなことでもあったんかねえ。

「クソッタレめが。せっかく用意した弁当を突っ返しやがって。どうして素直

用意した弁当を新聞にくるんで突っ返すな

に『いただきます』って食わねえんだ。腹が立つから、目の前でゴミ箱にぶちゃってくれべえか」

あれえ、息子のやつ「弁当をぶちゃある」なんて言ってやがる。なにに腹立ててるんだんべえ。うまそうな弁当をぶちゃっていい訳がねえやい。食いもんを粗末にするとバチが当たらあ。いい年しやがって、そんなことも分かんねえんきゃあ。

第一、自分の分を持たせようっていうんだから、年子もやさしいじゃあねえかいね。それえ、ぶちゃっちゃあ、おやげねえやい。

「おめえ、そんなこと言うなや。年子の気持ちなんだからよお」

おらあ、こう言ったんさあ。息子には世話になっているけど、食いもんを粗末にしちゃあいげねえやい。

そしたら、息子のやつ急に笑い顔になりやがった。

「おお！　たけっしゃん、やさしいなあ。まいんちまいんち文句べえ言われてるんに、年子さんに思いやりいっぱいのセリフだなあ。さすがに、要介護1だいなあ。要介護3の年子さんに比べてシャキッとしたもんだい」

息子のやつ、ニコニコしながら難しいことを言ってらあ。「ようかいご　いち」とかいうんは、なんだあ？　まあ、いいやい。きげんが直ったみてえだからよお。

ミカンをボックスティッシュの空き箱に詰めて持って帰れってか

「たけっしゃん。あんたは年子さんのことが好きなんだいなあ。美しいよ、その夫婦愛は」

◉油断がならねえ

「おはよう。なんだやあ。ふたりともまだ寝床の中きゃあ。もう8時半だい。さっさと起きて、支度して朝飯食わねえと、どんぐりの職員さんがむけえにくるぜえ」

「そうなんさ。もう起きなきゃいげないと思ってたんさあ。でも、たけっしゃんが『まだ寝てりゃあいいがな』って言うんだよ」

「うそべえ言うない。おめえが『腰がいてえから、寝てる』っつったんべ」

「まあ、どっちでもいいやい。起きないね」

「そうだよ、たけっしゃん。あたしが掛け布団をどけてやるから、起きないね」

「あれ、年子さん。きのうは『あたしは、たけっしゃんとは暮らせねえ。顔も見たくねえ』なんて泣き顔だったんに、けさは、かいがいしいなあ」

「なにを冗談べえ言うんだい。あたしがいつそんなことを言ったんだい」

「まあ、いいやい。おらあ、ゆうべの晩飯の食器を台所に持ってぐから、身支

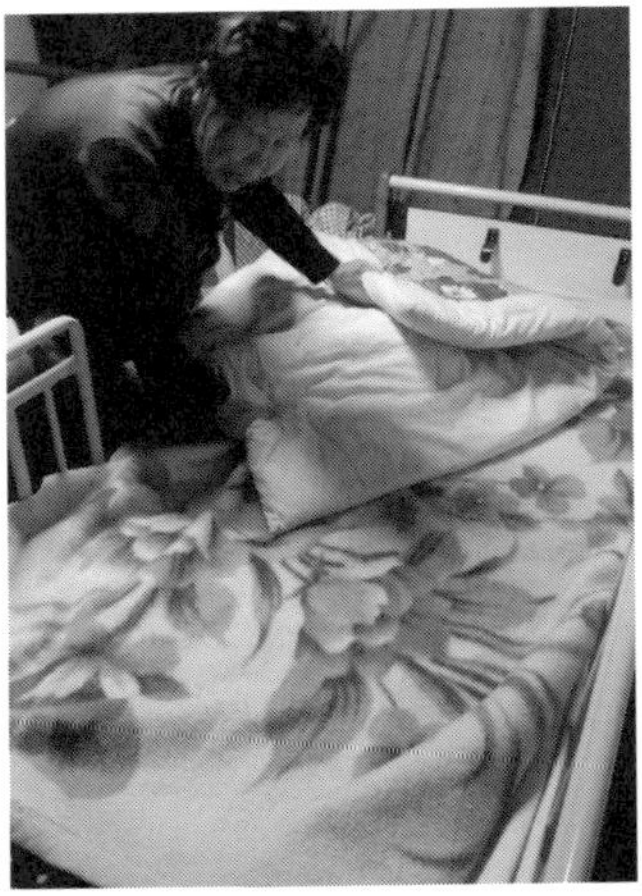

たけっしゃんの寝床ぐれえ直すさ

度しな」

　なんだい、息子がこたつの上にあったゆうべのご飯のかたづけをしてるじゃないか。そんなことまでさせちゃあいられないよ。あたしがやらなくちゃあ。

「あんたが、朝ご飯の用意をしてるんかい。だったら、流しの茶碗はあたしが洗うから」

「へえ、年子さん、腰が痛くねんきゃあ？」

「腰が痛くったって、洗いもんぐれえできるさ。毎朝、あたしがやってるがね」

「そうっきゃあ。先月か先々月に見たいなあ、こういう光景を」

「寝ぼけたことを言っちゃあ困らいねえ」

「それに、さっき見たら、たけっしゃんのセーターが4枚も放り出してあったのを、きちんとたたんであったがな。あらあ年子さんだんべえ。けさはよっぽど調子がいいんだいなあ」

「セーターをたたんだって？　当たり前じゃないかね。何十年もやってるんだから」

　年子と息子が台所でなんかしゃべってらあ。ああ、息子が朝飯持ってきてくれたい。まあ、これでも食べて、今日はおれも年子もどんぐりの木に行ぐんだ

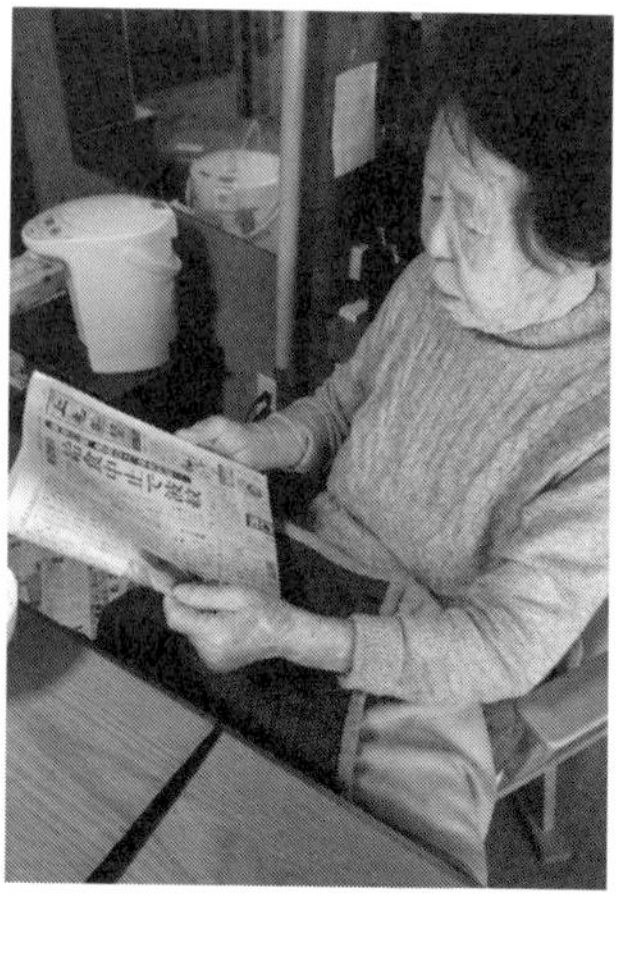

「今日はいくんちだい？」新聞に書いてあるわよね

いなあ。

「こうまいんち連れてがれるんじゃあ、かなわねえなあ」

「たけっしゃんなあ。歳とったら子どもに返るんだい。子どもはまいんち学校に行ぐじゃあねえかい。ふたりとも、そういうことだい。いいじゃねえきゃあ。給食つきだし、小学校と違って風呂つきなんだから」

「そういやあ、そうだけどなあ。ああ、そうだ。起きてっからパンツを取り替えてねえやい。小便がなっからたまってるだんべえ」

「ああ、取り替えな、取り替えな。もう、むけえがくるぜ。急ぎなよ。ほれ、ズボンとズボン下を下ろしてやらあ」

「そうかや、すまねえなあ」

「ああ、まずいや、たけっしゃん。パンツの中に、薄茶色の液体だけじゃなくって、焦げ茶色のもんがたまってらあ。さっさと脱ぐべえ。新しいのをはく前に、風呂のシャワーでケツを洗わなきゃあなんねえぞ」

「そうかね、洗うんかね」

「まったく、年子さんの調子がよさそうだと、たけっしゃんが問題を起こすからなあ。油断のならねえ夫婦だ」

　息子に尻を洗ってもらうんも、慣れてきたいなあ。まあ、申し訳ねえと思う

たけっしゃんのセーターぐれえ、あたしがたたむさ

んだけどよ。出るもんは、言うことを聞かねえやい。それに湯をかけると、尻のかいいところがおさまって、すっきりすらいなあ。

「ホイ、ホイ、ホイ、ホイ、ホイっと」

「ケツを洗ってる時に妙なかけ声をあげるんじゃねえよ！」

「そうかや。まあ、さっぱりすらいなあ」

「勝手なことを言いやがる。よし、これでいいだんべえ。新しいパンツやズボンをはくべえ。急いでなあ」

「ああ。これをはきゃあいいんかあ？」

「そうだい。手伝ってやらあ。あれえ、風呂場に行ってる間に、年子さんは寝床に戻っていやがる。勝手なもんだいなあ」

「まったく、たけっしゃんときたら、だらしがねえ。子どももみてえに粗相してさあ。恥ずかしくって一緒に出掛けるなんてやだよ。あたしは、今日はいちんち寝てるよ」

「クソッタレめがあ……。早く起きろつってるだろうがあ。あんたたちは『夢の中に住んでいる人』だから気楽かもしれねえが、おれは正反対だあ。そうだよ『悪夢の中の、もがき人』なんだよ。せつないねえ……」

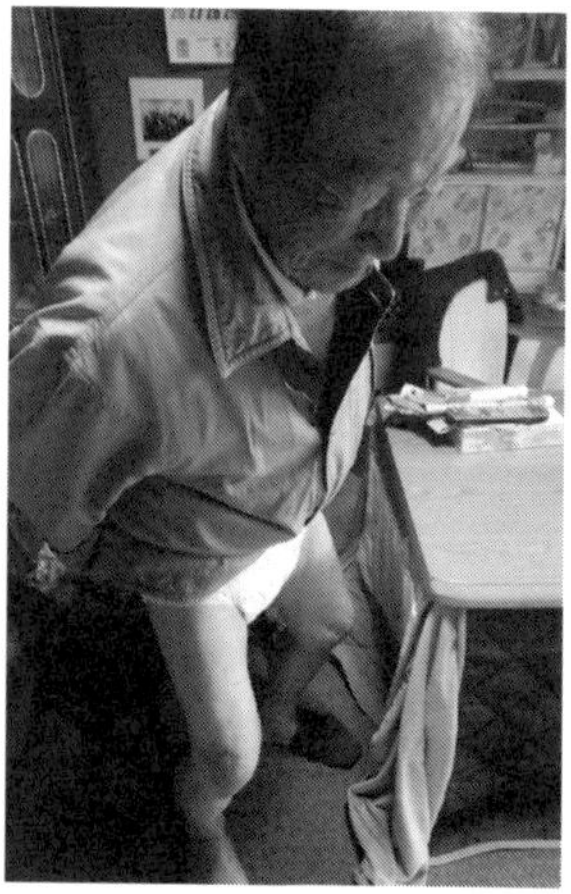
子どもみてえなもんさね

◉「高レベル」ギャグ

「えっちゃんさあ。これえ克彦に持ってってくんない。いつも世話んなってるお礼だって。年子がお礼しろってうるせえんだい」

「はあ……。この包みですかあ？　分かりました。もらっていきますね」

だってよお。まいんち、まいんち、息子が飯つくりにきてくれるだけじゃあなくって、土日になると息子の嫁さんもきてくれるんだい。なんかお礼を渡さなけりゃあ、申し訳ねえやいねえ。年子が言うんも、もっともだい。

だからさ、財布からお札を出してね。むき出しじゃあ申し訳ねえから、紙袋に入れて渡したんさね。引き出しの中に、ちょうどいい感じの、新しい紙袋があったから、入れてやったんさあ。

「これ、お父さんがあなたに渡してくれって。お世話になっているお礼だって」

「たけっしゃんの財布に、きのうは５０００円札が1枚入っていたんだよ。それを入れたな。でも、包んであるこの紙袋がふるってるなあ。『御霊前』ってプリントしてあるよ。これ、香典袋だよ。ご丁寧に『木部健』って自分の名前

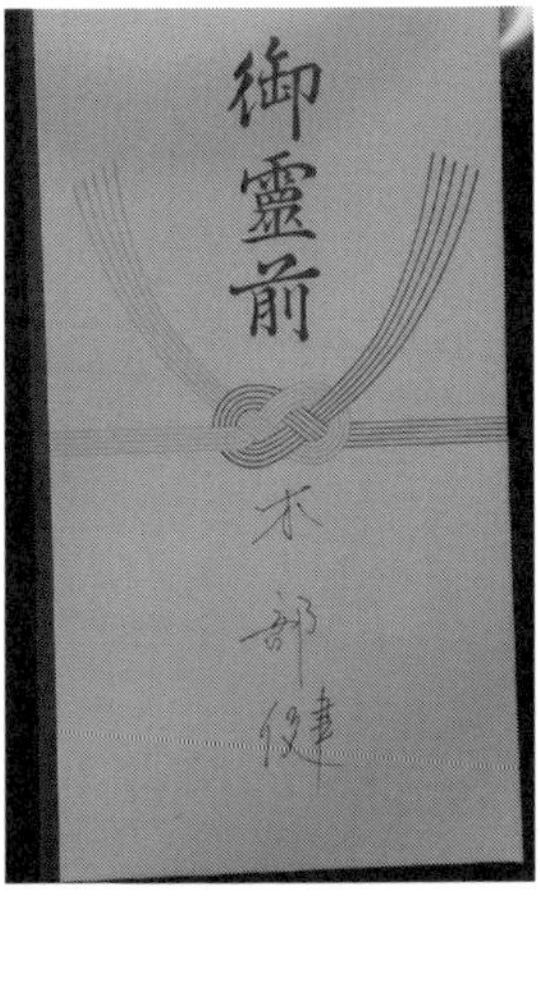

お礼の気持ちを包んだんさあ

が書いてあるし。文字もちゃんと書けてらあ。ここんとこ、満足に書けなかったのになあ。でもいいなあ。たけっしゃんと年子さんの息子さんの僕は、いつ死んだんだろうね」

「引き出しかなんかに、お香典袋があったから、一生懸命に名前を書いたんじゃないの？　感謝の気持ちを込めて」

「この間は年子さんが『あんたもたまには本でも読みなよ。これがなかなかおもしろいよ。木部克彦さんって人が書いたんだってさ。あんたとおんなじ群馬生まれだよ。同じ名前の人がいるんだねえ』だとさ。それって15年も前に出た僕の本じゃないか。ふたりそろって、ギャグとしてはかなりの高レベルだなあ」

なんだか分かんねえけど、おれが「息子に渡してくれ」って預けたお礼の包みを見て、息子も嫁も大笑いしたんだってなあ。翌日になって、息子がそう言ってたよ。

一生懸命世話してくれるから、ありがてえっていう気持ちを、きれいな紙袋に包んだのによお。

なにがおかしいのか知らねえけど、息子夫婦が、ふたり揃って腹をかかえて笑うことはなかんべえやあ。

あんたも本ぐれえ読みないね

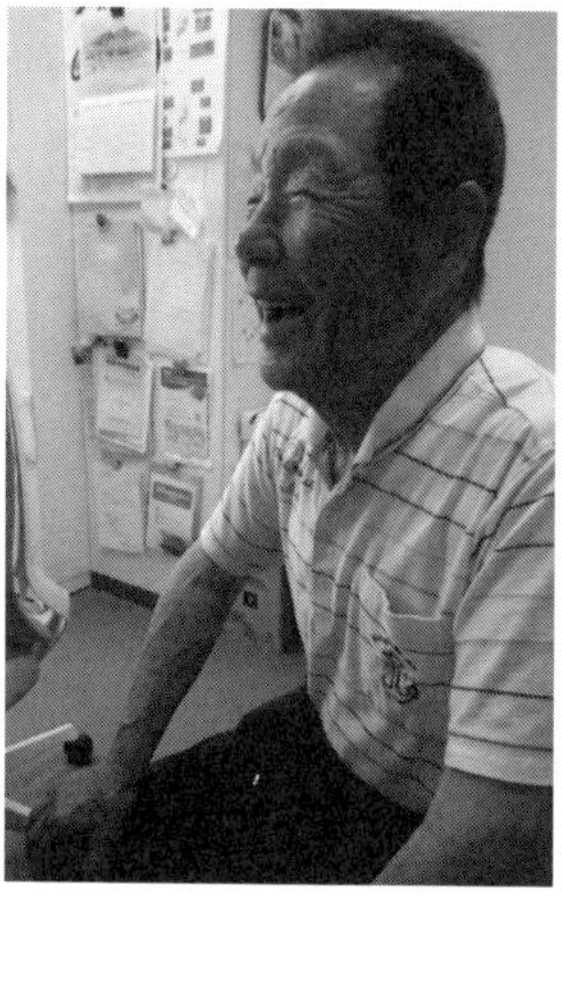

なんでも、笑い飛ばすんさ

あとがき

認知症老人たるふたりの現実を「露骨に」書きました。「ある意味、身内の恥（?）ともとられかねないことを、詳細につづらんでも……」のためらいもあります。僕自身は「高齢日本だからこそ、きちんと訴えていかなければならない」と確信しているテーマとはいえ、「壊れゆく両親」の介護にとどまらず、取材対象にしたことに対するせつなさというか、「うしろめたさ」に近い感情はぬぐいきれません。同時に「取材のため」という思いがあるからこそ、この3年余り、休みなく通えているのかもしれません。

そんなふうに悩みながら書いた文章に出版の機会をくださった、長年の盟友である言視舎杉山尚次社長には深く感謝します。

誰もが、命ある限り「心豊かに」暮らしていける社会の到来を願って。

著者

著者………木部克彦（きべ・かつひこ）
1958年群馬県生まれ。新聞記者を経て文筆業・出版業。明和学園短大（前橋市）客員教授。「地域文化論」「生活と情報社会」などを講義。群馬県文化審議会委員。食・料理・地域活性化・葬送・社会福祉などの分野で取材・執筆。企業経営者・政治家をはじめ、多くの人たちの自分史・回想録出版も数多く手がけ「自分史の達人」と評される。
【主な著書・編著書】
『群馬の逆襲』『続・群馬の逆襲』『今夜も「おっきりこみ」』『ラグビーの逆襲』『情報を捨てる勇気と表現力』『ドキュメント家庭料理が幸せを呼ぶ瞬間』『群馬弁で介護日記　認知症、今日も元気だい』（以上言視舎）『高知の逆襲』『本が涙でできている16の理由』（以上彩流社）『捨てられた命を救え～生還した5000匹の犬たち』（毎日新聞社）『トバシ！～小柏龍太郎は絵を描くことをトバシと言う』（あさを社）ほか

装丁………長久雅行
イラスト………工藤六助
DTP組版………勝澤節子
編集協力………田中はるか

夢に住む人 認知症夫婦のふたりごと

発行日❖2020年4月30日　初版第1刷

著者
木部克彦

発行者
杉山尚次

発行所
株式会社言視舎
東京都千代田区富士見2-2-2　〒102-0071
電話03-3234-5997　FAX 03-3234-5957
https://www.s-pn.jp/

印刷・製本
㈱厚徳社

ISBN978-4-86565-178-2 C0036
JASRAC　出　2003629-001